最強の異世界やりすぎ旅行記 4

A L P H A　L I G H T

萩場ぬし
Hagiba Nusi

アルファライト文庫

ヘレナ

『黒神竜の籠手（こて）』が
人化した少女。

メア・ルーク・ワンド

ラライナ王国国王の孫娘（まごむすめ）。
お姫様だけど冒険者志望。

アヤト

本名、小鳥遊綾人（タカナシアヤト）。
元の世界で最強だからと
異世界に招待された青年。

ユウキ

アヤトの親友で、
ノルントン王国の『勇者』。

???
不死身の肉体と強大な力を持つ、謎の少女。
カイト
アヤトが通う学園の後輩で、アヤトの弟子。
ペルディア
グランデウスにその座を追われた元魔王。
カタルラント
とある街で遭遇した、ゴスロリ中二病少女。
CHARACTERS
主な登場人物

第1話　飛ばされた先

気が付くと、真っ白な光に包まれていた。

目の前にいた仲間たちが次々と光に包まれて消えていく中、俺、小鳥遊綾人は一番近くにいたメアに手を伸ばし――次の瞬間、視界が暗転した。

高校生だった俺はある日、神を名乗る少年シトの手により異世界へと連れてこられた。

その理由は、俺が世界最強だったから。

俺は元々トラブル体質だったのだが、シト曰く、それは必ず死をもたらす『悪魔の呪い』と、寿命以外の死を回避する『神の加護』というものが原因だったらしい。

そのおかげで何度も生死の境を彷徨う羽目になり、武術一家だったことも相まって、過剰なほどに鍛えられた、というわけだ。

ともかく、そんな「世界最強」を自分の世界に呼んだらどうなるか気になる、なんて理由で、俺は剣と魔法の世界に招待されたのだった。

それから俺は、猫の獣人ミーナややんちゃなお姫様のメア、人型に進化した元籠手のへレナといった仲間と出会い、行動を共にするようになった。

それからも、魔族のフィーナに『災厄の悪魔』と呼ばれるノワール、各属性の精霊王たちに、奴隷として売られていたのを助けた魔族のウルと亜人ルウ。そして通っていた学園の後輩であるカイトやリナ、元日本人のエリーゼなど、たくさんの仲間が集まり、俺たちは賑やかな日々を過ごしていた。

そんな中、俺を勇者だと誤解した魔王グランデウスを倒すため、そしてフィーナの上司で元魔王のペルディアを助けるため、俺たちは夏休み初日から、魔族大陸に乗り込んだ。

そしてそこで、隣国で勇者召喚されたという地球出身の少年ノクトとその一行、ガーランド、シャード、アーク、セレス、ラピィと出会う。

魔王打倒のため、行動を共にすることになった俺たちだったが、森の中でギュロスという名前の魔物を倒した直後、謎の光に包まれたのだった――


「『――こうして小鳥遊綾人の冒険は幕を閉じた』……なんてことにならないよな？」

真っ暗な視界の中、おどけた調子で発した言葉はやけに大きく、どこか反響して聞こえた。

眩しさに閉じていた目をゆっくり開けて周囲を確認すると、真っ暗な空間に立たされていることが分かった。

まずは周囲に何があるのかを確認する。

目を凝らすことで辛うじて見えたのは、ゴツゴツとした凹凸のある岩壁。

それから、身じろぎすることでジャリッと鳴る地面、すぐ近くから聞こえる水滴の落ちる音……

「あー……」

一通り近辺の状況を確認したところで、今度はより広い範囲を声を使って調べてみる。

自分の声をソナー代わりにして、反響から大まかな構造を割り出すのだ。

その結果分かったのは、どうやらここはどこかの洞窟の中らしいということ。

そして今俺がいるのは、前後に続く長い通路の途中だと思われる。

後ろの方は道が続いているが、俺の正面の方向にこのまま真っ直ぐ進むと、開けた場所に出るようだ。

しかもそこには、動く何かが複数いるっぽい。

大きさもそれなりだし、恐らく魔物か何かだろうが……

というか、他に人の気配がないということは、メアやカイトたちともはぐれたか。

それに、もう一つ気になることもある。

「ココア？　オルドラ？」

闇と光、それぞれの属性の精霊王二人の名を呼ぶが、返事はなかった。

他の属性の精霊王であるルマやキース、シリラ、オドにアルズも反応がない……

ギュロスと戦う前、俺が作った空間である魔空間から出る時は体の中に入っていたはずだが……何かあったのか？

そうだ、ヘレナとノワールへの念話はどうだ？

そう思って意識を集中してみるが、こちらも返事はなし……なんか携帯電話の電波が届いてないいみたいな感じだな。

どちらにしても、今ここにいるのは俺一人だけのようだ。

さて、このまま前に進むか、振り返って後ろに行くかだが……正面側の先の方、開けた場所が気になるんだよな。

「だったら、行って確かめるしかねぇわな」

俺はそう呟くと、後頭部をポリポリと掻きながら進んでいく。この短時間で目が暗闇に慣れたので、躊躇なく歩くことができた。

数分も経たないうちに、目的地である開けた場所に到着する。

そこにいたのは、カサカサと音を立てて蠢く大量の何かと、その近くの岩壁に磔にされて動かない人らしき影だった。

「んー、あっちの影を確認したいけど、この押さえ付けられてる感じ……まだ魔法も使えないだろうな」

魔空間から出た際、魔法や魔術が使えなくなる結界が張られている感覚があったのだが、その結界は生きているようだ。

となると空間魔術が使えないから、収納庫から何か取り出すのは無理。

……ま、素手でもなんとかなるか。

俺は気を取り直して、一歩を踏み出す。

するとその足音が聞こえたのか、蠢いていたものが動きを止め、ザッと統率の取れた動きでこちらに顔を向けた。

そして俺がもう一歩踏み出すと、そいつらは一斉に動き出してこちらに向かってくる。

よく見ればそいつらの姿は、蟻に似ていた。

ただ普通の蟻よりはるかに大きく、体格に見合ったかなりの速度で迫ってきている。

いつもなら適当に一発目を喰らわせるところなのだが……もしここが地下深くだったら、下手をすれば俺の攻撃で地盤が崩壊して、生き埋めになってしまうかもしれない。

とすると……アレしかないか。

俺はすかさず、蟻の群れを威嚇する。やり方は単純、魔力を相手にぶつけるだけだ。

「ギ？　ギッ……！」

威圧されて、蟻たちは一気に動きを止めた。

体も震えているし、やはり魔物と言えど生存本能には逆らえないのだろう。

「……」

その蟻たちに向かって、俺は威圧を発したまま更に一歩近付く。

たったそれだけで、蟻の大軍は蜘蛛の子を散らすようにして逃げていった。気配も全くなくなったが……俺が来た方向以外、人が通れそうな道はない。どうやら、壁にアリ専用の通路となる穴があるようだ。

「……よし、これで前に進める」

俺は蟻がいなくなった広場を進み岩壁に向かっていく。

ある程度近付くと、磔にされていた人影の特徴が暗がりの中でもぼんやりと見えてきた。

性別は女、髪は白で、肌の色は青……ってことは魔族か。

目は開いていないが、整った顔立ちをしている。

四本の杭に手足を貫かれて壁に打ち付けられているようだ。

……うん、とりあえず下ろすか。ジロジロと見ているのも失礼だし、磔にされたままってのも可哀想だ。

そう思って杭に触れた途端、妙な感覚に襲われる。

「この地味に力が抜ける感じ……魔力が吸い取られてるのか？」

目に魔力を集中させてその流れを確認できるようにすると、たしかに杭に吸われていた。

そりゃあ、こんなものをぶっ刺されてたら抵抗もできないよな。

とはいえこの程度の吸収スピードなら、俺には特に問題ないのであっさりと杭を抜き、女を寝かせてやる。

「うう……」

女は呻き声を上げるが、意識が戻る気配はない。

外傷も、杭に貫かれていた部分以外は蟻に噛まれたらしき痕がいくつかある程度で、重傷というほどではない。

しかし放っておくわけにもいかないし、回復魔術を――あっ。

ここ、魔法、魔術が使えないやんけ……

完全にうっかりしていた。最近頼りっきりですっかり油断してたな……

しょうがないので、マントを少し裂いて包帯代わりにして巻く。それから、女は申し訳程度のボロ布を着ているだけだったので、そのままマントを羽織らせてやった。

ここまでしても起きなかった女を背負い、俺は来た道を戻ることにした。

相変わらず暗く、先の見え難い道を走っていく。暗いとはいえ、俺は結構夜目がきく方だし、音の反響でだいたいの道の形や足元に何があるかくらいは分かるので、それなりの速度を出せる。

途中何度か別れ道があったので、勘でどちらかを選ぶ。

それを何度か繰り返すうち、どうやらここが迷路になっているらしいことに気付いた。

行き止まりになっていたり、見覚えのある道に戻っていたりしたのだ。

何とか先に進んでいくうちに、今度はさっきとは違う大部屋に出た。

先ほどよりも広い。ドーム型の野球場なんかよりも広いんじゃないだろうか。

しかもよくよく目を凝らせば、食われかけの魔族っぽい死骸がそこら辺に転がっている。

何かの住処のようだが……あまり考えたくないな。

するとその時、奥の方から二人分の足音が聞こえてきた。

「誰かいるのか？」

試しに声をかけてみる。

人か魔族か……魔族だったら厄介なことになりそうだと悩む俺に対し、返事がきた。

「だ、誰ですか⁉」

ん？　この声はカイトっぽいな。

それじゃあ、もう一人は？

「落ち着いて、カイト。今の声は多分、アヤト」

大声を諌める冷静な声。こっちはミーナか。

「師匠なんですか？」

「ああ、お前らの、みんな大好き師匠様だ」

「うん、アヤトだ」

カイトの疑問に対する俺のふざけた返答を聞き、ミーナが確信したような声を上げる。

俺がそちらに向かって歩き出すと同時に、カイトとミーナも走り出したのが分かった。

途中、カイトの「ひぐうっ⁉」という声と転んだような音が聞こえたが、ミーナは立ち止まらずに走り続け、俺の胸に飛び込んでくる。

それを受け止めると、ミーナは顔を上げて微笑みを浮かべた。

褐色肌の小柄な体から生えている猫耳に尻尾。ああ、たしかにミーナだ。

「さっきぶり。無事に会えてよかった」

「そうだな、まずはミーナとカイトを確保だ……カイトだよな？」

その問いかけに、顔が分かる距離まで近付いてきていたカイトが頷く。

転んだ際に顔でもぶつけたのか、鼻を押さえながらフラフラしている。

「は、はい、師匠もお元気そうで何よりです……」

鼻声でそう言うカイト。

「他の奴らは？」

メアや他のメンバーのことを聞くが、二人とも首を横に振った。

「俺もミーナさんも、飛ばされた時は一人だけで、他の人たちは周りにいませんでした」

「そうか」

二人が一緒だからもしかすると、と思ったが、全員が偶然近くにいるなんて上手い話はないらしい。

どうしたものかと思っていると、ミーナが首を傾げて聞いてきた。

「アヤトは一人ぼっち？」

「ぼっちって言うな。ちゃんともう一人背負ってるし、ちょっと迷子なだけだ」

「師匠が迷子って言葉を使うと違和感が……って、背負ってる？　誰をですか？」

カイトの疑問に背中を向けて、魔族の姿を見せる。

少し問い詰めたいことを言われた気もするが、今は流しておくとしよう。

「魔族……もしかするとその人が、フィーナさんが探してるペルディアさんかもしれないですね」

「だったらいいんだけどな……どちらにしろ酷い状態だったから助ける」

カイトの楽観的な発言に、俺は溜息を吐きながら答える。

すると、俺の背の魔族が包帯を巻いていることに気付いたのか、ミーナが首を傾げた。

「まだ魔術は使えない？」

どうやら回復魔術を使っていないのが疑問だったようだ。

「みたいだ。結界の範囲は魔族大陸全体だって話だから、逆に言えばここはまだ魔族大陸ではあるってことだとは思うんだがな……」

とはいえ、結局は「大陸」だ。どれだけ広いのかも分からない。

最悪の場合、フィーナが言っていた「歩いて七日」という距離が、一ヶ月や半年に延びるような場所まで飛ばされている可能性だってあるわけだ。

まあ仮にそうだとしても、俺が本気で走っていけば、さほど時間がかからずに魔王グランデウスが住む魔城まで辿り着けるはずである。フィーナがいない今、道案内は背負っている魔族に頼むことになるがな。

俺の速度にミーナとカイトは付いてこられないだろうけど……後で回収すればいいか。

問題はメアたちだ。

現状行方が分からないのは、メア、リナ、フィーナ、ヘレナ、ノワール、それからノクトたち一行。

ヘレナとノワール、ノクトは実力的に問題ないだろうし、ガーランドやアークたち……は正直どうでもいい。

フィーナは魔族だから、元魔王の側近ってことがバレたり、あいつから仕掛けたりしない限り、同じ魔族に襲われるなんてことはそうそうないだろう。

ただ、メアとリナはかなり心配だ。

とにかく今は、フィーナには申し訳ないけど、ペルディアよりもメアとリナを優先的に探した方がいいだろう。

「そういや、カイトたちって向こうから来たよな？」

カイトがやってきた方向を見て、話を切り出す。

声の反響からすると、その先は真っ直ぐな道が続いているらしい。

まさか、行き止まりなんてことはないだろうが……

「はい、丁度通路の真ん中に立っていたんですけど、適当な方向に歩いていたらミーナ先輩と師匠に合流したってわけです」

なるほど、つまりカイトが向かわなかった方向には、道がまだ続いてるはずってことか。

さすがにどっちに行っても行き止まり……なんてことはないよな？

「とはいえ、本当に閉じ込められてたらどうしようか……」

「何か言いましたか？」

「……いや、なんでもない」

俺の呟きに、カイトが不思議そうに聞いてくる。

あくまで推測の域を出ない考えを言って、無駄に不安にさせる必要はないだろう。

とにかく、カイトたちが来たという道に戻ろうとする。しかし――

『グウゥッ……！』

その道の奥から唸るような声が聞こえ、カイトが「ヒッ!?」と小さく悲鳴を上げる。

「な、なんですか、今の声は……？」

カイトの怯えた声に応えるように、ミーナが鼻をスンスンと鳴らす。

犬ほどではないとはいえ、猫の嗅覚は人間より上だ。匂いで相手を確認しているのだろうか？

「うん、何かいる。おっきな動物が——っ！」

そこまで言ったミーナは、何かを感じ取ったのか焦った様子で振り返り、俺の後ろを見る。

それと同時に俺の耳にも、前方からの謎の唸り声とは別に、俺が通ってきた道からカサカサという音が届いた。

「キィイイイッ！」

そんな鳴き声を上げながら近付いてきているのは、さっきの蟻たちのようだ。まだ遠いからはっきりは見えないが、明らかに数が増えている。

「あれは……まさかGアント……！」

ミーナが目を見開いて呟く。え、Gがなんだって？

Gってまさか、あの『一匹見たら三十匹はいると思え』なんてよく言うGのことか？にしても三十匹どころか数百匹いるじゃねえか。

しかもカイトたちが来た通路の方からも、ドスドスと地面が揺れるほどの足音が着実に近付いてきていた。

先に接近したのは蟻の方だった。姿がはっきり見えるほどの距離になり、あまりのおぞましさにミーナとカイトが悲鳴を上げる。

しかしもうあと数メートルという距離になった時、異変が起きた。

蟻たちはキシキシと不快な音を発しながらも立ち止まり、それ以上近付いてくる様子がなかったのだ。

そして直後、今度は地鳴りを発生させている原因も姿を現した。

熊である。

しかしそれは熊というにはあまりにも大きすぎた……いや、ホントにデカいな。

なにせ三階建ての一軒家ほどのサイズなのだ。

蟻たちが足を止めたのも、恐らくこいつの存在を感じ取ったからだろう。

蟻どころか、ミーナとカイトもすっかり足が竦んでしまっているようだった。

「ダディ……ベアー……！」

ミーナが歯をカチカチ鳴らしながら言う。

ダディベアーっていうのか。ダディって何だ、こんな父さんは嫌だぞ。

なんてくだらないことを思っていると、ダディベアーがゆっくりと口を開いた。

咆哮でも放つのかと身構えたのだが……

『あんたら……何、勝手に人んちに土足で上がり込んでんのよっ！』

その言葉と同時に、ダディベアーの口から、まるで台風のような風圧が俺たちに襲いかかってきた。

カイトとミーナは完全に腰を抜かしてしゃがみ込んでしまい、蟻たちもほとんどが吹き飛ばされて、来た道を引き返していく。

そんな中、俺は反射的に耳を塞（ふさ）ぎながら、あることを思う。

……オネエ言葉？

第2話　また勇者

頭がガンガンと痛む。

俺、メア・ルーク・ワンドは、茂（しげ）みを掻き分けながら森の中を進んでいた。

ギュロスとかいう魔物をぶっ倒してそのまま意識を失い、気付いたら一切見覚えのない、しかも誰もいない森の中だった。

全く状況は分からなかったが、アヤトもミーナも他の連中も、俺一人残してどこかへ行ってしまうような薄情（はくじょう）な奴らじゃない。

ということは、アヤトたちか、あるいは俺自身に何かがあったんだろうが……ともかく、じっとしていてもしょうがないから、その場から動くことにした。

太陽はそれなりに高い位置にあるが、東西南北が分からないから午前か午後かも判断できない。

アヤトの魔空間から出たのは朝方で、それからすぐにギュロスと戦ったわけだけど、その疲れが取れてないってことは、翌日にはなっていないはずだ。

しかしまぁ、頭の痛みと汚れが酷い。

頭痛の原因はハッキリしている。

ギュロスと戦っている時に、攻撃が当たった？　違う。

結界のせいで魔法や魔術が使えない状態なのに、不思議な技で炎を出したから？　違う。

つい先程、寝返りを打った時に木に頭をぶつけたのだ……目覚ましになったからいいけど。

今着ているのは、どうでもいい服であるとはいえ、泥塗れな上に所々破れている。王女という身分なのにこんな格好は……なんて言うつもりはないけど、気分としては最悪だ。

「はぁ……風呂に入りたい」

ガサツだガサツだとは言われるが、綺麗にしていたいという女の子らしさはある。歳の近い男がいれば尚更だし……いや、理由はそれだけじゃないけど。

その「理由」に顔が火照るのを感じつつ、俺は前に進む。

腰にはアヤトから貰った刀を提げている。

抜けないように鞘と柄を縛っていた紐は既に千切れ、いつでも抜ける状態になっている。だけど、それを抜くのは躊躇してしまう。

ギュロスとの戦いの最後に放った、刀を使ったあの一撃……やろうと思ってやったわけじゃない。

アヤトから貰った大事なものが奪われると思ったら、何かが胸の底から溢れ出てくるような感じがした。

それに流されるまま、感情を爆発させた結果がアレだ。

結界が張ってあるのにもかかわらず出せたってことは、魔法とか魔術じゃないのか？

……俺が考えても結論が出そうにないことは分かってんだけど、やっぱモヤモヤするよな。

アレが自分の意志で使えたなら、こんな一人の状況でもあんま不安にならずに済むんだけど……ま、考えてたってしょうがないか。

そう思った時、近くの茂みからガサガサと何かが動く音が聞こえ、思わず悲鳴を上げてしまう。

「ひっ⁉」

魔物？　魔族？

どちらにしても、俺一人で戦うしかないか……？

心臓をバクバクさせながら刀に手をかけ、その音の発生源が茂みから出てくるのを待つ。

しかし、姿を現したのは意外な人物だった。

「……あ、れ……？　メア、さん？」

拙い言葉遣いの少女……リナだ。

「よか、った、やっと知ってる人、に、出会え――」

「リナァァァァッ！」

俺は仲間に出会えた嬉しさを我慢できず、リナが再会の言葉を必死に紡いでいるのを無視して、思わず飛び付いて抱き締めてしまった。

俺の唐突な行動にリナが「きゃっ！」と小さく悲鳴を上げるが、そんなことはお構い無しに頬を擦り合わせる。

「リナ、リナ……リナァ……」

気付けば俺は、笑いながら涙を流していた。

目が覚めたら一人ぼっちで、仲間も誰もいない。

できるだけ考えないようにしていたが、やはり寂しく心細かったのだ。

このまま誰にも会えなかったらどうしよう、と不安だったからこそ、リナと出会えたことで安堵が溢れ出してしまったのだった。

するとリナは、嗚咽する俺の頭に手を置く。

「大丈夫ですよ、メアさん。私はここにいます」

優しく語りかけるように呟くリナ。そこにはいつもみたいな怯えや戸惑いはなく、言葉もハッキリとしていた。

その時、風が吹いてリナの前髪が持ち上がる。

宝石のように青く輝く、綺麗な瞳が露わになった。

その美しさに見とれてしまい、いつの間にか俺の涙は止まっていた。

「メ、メア、さん……？　ど、どうしたんですか……」

しかしそれは一瞬の出来事で、リナはいつも通りの挙動不審な状態に戻った。

「……いや、もう大丈夫だ。リナのオドオドした姿を見たら、なんか落ち着いた」

「ええ……」

『どうして？』とでも言いたげなリナ。

しばらくして完全に落ち着いたところで、俺はリナと一緒に再び歩き出す。

その道中で、俺が意識を失ってから何があったのかを聞かせてもらった。

「――なの、で、カイト君も師匠も、みんなバラバラになって、しまったんです……」

「マジかよ……アヤトでも何もできなかったっていうのが、一番信じられねえな」

アヤトと知り合ってからそこまで長いわけでもないが、その凄さは十分に実感している。

底の見えない強さに、なんでもそつなくこなしてしまう器用さやとんでもないアイテムの作成。加えて魔空間とかいう新しい世界の創造だ。

これは本人の前では言えないけど、もはや人間をやめてるんじゃないかと思ってしまう。

まあ、それを直接言うのは「化け物」と言っているも同然だから、冗談でも口にはしない。

「とにかく、早くアヤトたちと合流しないとな」

「は、い……太陽も昇って、きましたし、向こうが東、であっちが西、になります、ね？」

リナが上を指差す。

太陽はすっかり昇って、今は真上にある。これで方角と時間はだいたい分かったな。

「よし……どの方向に行くかはリナに任せた！」

「えっ……」

声を漏らしたリナが、不安そうな顔をこっちに向ける。

長い前髪で隠れているはずの視線を感じて、俺は思わず顔を背けた。

「……すまん、俺方向音痴なんだよ……」

「そ、そう、でしたか……ごめんなさい」

なんで謝るの⁉　逆に辛くなるんだけど！

「それ、じゃあ……まずは情報収集、しましょう？　せめて、魔城の場所、さえ分かれば、なんとかなる、かも……？」

リナの提案に、俺は頷く。

「だな。場所さえ分かればみんな集まってくるだろうからな……！」

と、その時、どこからか悲鳴が聞こえてきた。

「なんだ⁉」

「悲鳴……こっち！」

またしてもリナは、自ら先行するという珍しい行動を取る。

本当にリナなのか？　と疑ったりもしたが——

「うっ⁉」

走り出してすぐ、足元に転がっていた石に躓いて転んでしまった……うん、この締まらない感じ、本物だ。

ヨロヨロと起き上がるリナを支えながら、悲鳴がした方へ急ぐ。

進む先は下り坂で、その下には十匹ほどの狼に囲まれている、人間の少年少女がいた。

どの狼も口の端から炎が漏れていて、今にも吐き出そうとしている。

少年たちの方に目を向ければ、二人を守るように剣や槍などの多彩な武器が宙に浮いていた。

剣を手にした少年は初めて見た顔だ。だが少女の方には見覚えがあった。

「イリア……？」

俺はポツリと、その少女の名を口にする。

美しく長い黒髪と整った顔立ちに、汚れていても身分の高さが滲み出ている豪奢なドレス。

間違いない、あれはイリアだ。

次の瞬間、イリアに向けて狼が一斉に口から炎を吐いた。

「くっ、またそれかよ！」

少年が叫ぶと同時、彼らを囲むようにして、鉄の壁みたいなものが現れる。

魔術……？　いや、あれは水とか土の属性じゃねえ。

そもそも鉄を作る魔術なんて聞いたことねえし、今は結界のせいで魔術は使えないはず……って考えてる場合じゃねえな。

「っ……うおぉぉぉぉっ！」

炎はかなり高温らしく、鉄の壁はみるみるうちに真っ赤になり、恐怖心からか少年が叫び声を上げる。

「行くぞ、リナ！　あいつらを助ける！」

「は、はい！　私は遠くの敵を、狙いますので、手前のを、お願いしま、す！」

リナはそう言うなり、弓を構えて矢を放ち、早速離れた狼を一匹仕留める。

それによって狼たちが俺たちの存在に気付いた。

「助太刀するぜ！」

「え⁉」

壁で視界を遮っているせいで何が起こってるのか分かっていない少年が、困惑の声を上げる。

俺は坂を下りつつ、鞘から抜かないままに刀を構え、一匹の狼に向けて振るう。

――グシャッ！

刀を当てられた狼は、ベキベキと骨の折れる音を立てて吹き飛んでいった。

『キャインッ⁉』

「うっ、なんか罪悪感が……」

まるで犬のような悲鳴を上げられて、少し戸惑ってしまう。

しかし他の狼は、敵と判断した俺に次々と襲いかかってくる。

気持ちを切り替え、鞘に納めたままの刀を振るってとにかく殴った。

だけどやはり、当てる度に申し訳ない気持ちになってしまい、身体は無傷でも精神がすり減っていく。

五匹ほど刀で殴り飛ばしたところで、全ての狼が倒れていることに気付いた。

リナがもう半分を倒してくれたようだ。

「ナイス、リナ！　……おい、あんたら大丈夫か？」

未だに鉄の壁を出したままにしていた少年たちに声をかける。

「あ、ああ……あんたたちは人間、なのか……？」

戸惑いの声が向こうから聞こえてきた。ここが魔族大陸である以上、下手をすれば魔族と戦うことになるからな、心配するのももっともだろう。

「ああ、人間だ！　他に魔族とか魔物はいないから安心しろ！」

そんな言葉を投げかけると、鉄の壁がフッと霧のようなものになって消えてしまう。

その向こうには、今にも倒れそうなほどに疲弊した様子の少年と、いつの間に気を失ったのか、横たわっているイリアの姿があった。

二人に近付き、フラフラとする少年の肩に手を当てて支えてやる。

「マジで大丈夫かよ……こんな場所にお前ら二人だけか？」

心配して問うと、少年はゆっくりと頷く。

「元々人間大陸の街にいたはずなんだけどな……いつの間にかこの森の中にいたんだよ。武装したおっかない魔族がそこら中にいるし、魔物には襲われるしで散々だ……」

息も切れ切れになりながらも、精一杯説明してくれる少年。

街にいたはずがいつの間にか……って、まさか、こいつらも俺たちと同じように？

「と、とにかく、今はここ、を、離れません、か？　それなりに大きな、音を出しちゃっていますから、もしかしたら、魔族がここに来ちゃう、かもしれません」

「え？　そ、うだな……さっさとここから逃げるか」

リナの途切れ途切れの言葉に不思議そうにしていた少年だったが、すぐに理解して同意した。

少年はイリアを背負ってこちらに向き直ると、宙に浮かべていた剣を消した。

「っと、先に名乗っとくか。俺はあら……ユウキだ。ただのユウキ」

「おう、タダノユウキだな？」

珍しい名前だなと思って俺が確認すると、少年は手を横に振って否定する。

「違う違う、『ユウキ』！　ユウキだけでいい」

「そうなのか？」

ユウキだけでいいなら『ただの』なんて付けなくていいと思うんだが……何かを隠そうとしているのか？

「まぁ、いいや。俺はメアだ」

「リナ、です……」

「メアちゃんにリナちゃん、ね。二人とも可愛いな！」

屈託のない笑みで急に褒めてくるユウキに、俺たちは戸惑う。

「か、かわ……!?」

特にリナは顔を真っ赤にしてしまっていた。

男に正面から褒められるなんて、そうそうあるもんじゃないからな。

しかし俺の場合、単純に恥(は)ずかしく感じるよりも、微妙(びみょう)な感情を抱(いだ)いていた。

どうせなら、アヤトに言ってほしかったな……

っていうか可愛いとかそんなこと呑気(のんき)に言ってる場合じゃねえと思うんだけどな。

「いきなりなんだよ？」

「いや、なんというか……この世界には美男美女が多いなぁ、なんて……」

ボソボソと答えていたせいで、後半がよく聞こえなかった。

「あぁん？　この世界がなんだって？」

「ああいや、なんでもない。っていうか、怖い！　なんでそんな不良みたいな顔で睨(にら)むの？　美人顔が台無(だいな)しだぞ」

またしてもさらっとお世辞(せじ)を言うユウキ。なんだかアークみたいな軽い奴に思えるな。

「あー、うっせ！　口説(くど)いてる暇(ひま)あったら、さっさと行くぞ！」

俺たちはその場から逃げるように歩き出す。

しばらくすると、ユウキに背負われていたイリアが目を覚ました。

「ううっ……！　わた、しは……？」

「イリア……？」

ユウキの肩越(かたご)しに名前を呼ぶと、イリアはうっすらと開けた目を向けてくる。

「メア、お姉様……？　お姉様⁉」

半分も開いていなかったイリアの目が、一気に大きく開かれる。

『メアお姉様』とむず痒い呼ばれ方をされるのも、ずいぶん久しぶりだ。

他人の空似だったらどうしようと思っていたが間違いない。

こいつはイリア。イリア・カルサナ・ルーメル。人間大陸にあるノルントン王国の姫だ。

ノルントンが俺の国ライナと国交があることもあって、イリアとは何度か、幼い頃に顔を合わせたことがあるのだが……俺の方が歳上というだけで、「お姉様」と呼んでくるのだ。

イリアはユウキに背負われていることに気付いていないのか、急に身体を起こそうとした。

「うおっとっと！　あまり暴れないでくれるかな、お姫様？」

「あれ、ユウキ様……というよりここは……？」

ユウキの冗談めかした言い方に、イリアはまだ少し寝惚けているのか、現状が把握できていない様子だった。

しかし徐々に思い出してきたらしく、イリアの顔が段々と青ざめていく。

「そうでした……私たち、あの少女に連れてこられて……」

『あの少女』という気になる単語が出てきたが、まだ混乱しているだろうから問い詰めない方がいいか。とりあえず世間話でもして落ち着いてもらおう。

「相変わらず大変そうだな、イリアは」

　俺が声をかけると、イリアは現実に引き戻されたようにハッとして、こっちを向いた。

「そうです、なぜこのような場所にメアお姉様が⁉」

「あー、さっきもちょっと思ったけど、知り合いなのか、この人たち？」

　イリアと俺の会話を聞いていたユウキが、意外そうな顔で俺を見てくる。

　多分というか十中八九、俺が姫様と関わりのある人間には見えないのだろう。服も学生服と私服を組み合わせたもんだし……

「知り合いというか……この方はこれでも一国の姫なのです」

「……えっ」

　イリアの言葉に、ユウキが割と本気で疑うような目を向けてくる。

ていうか、イリアまで『これでも』とか……たしかに王族っぽくないと自覚はしているが、実際に言われると結構傷付く。

　しかしこうまであっさりバラされるとは……変に気を遣（つか）われないように名前だけ教えた意味がねぇじゃねぇか。

　頭をわしゃわしゃ掻きながら、仕方無しに答える。

「ああ、そうだよ。俺はメア・ルーク・ワンド、ラライナんとこのお姫様だよ」

半ばヤケクソな言い方をすると、「へぇー」と感心するユウキの背中でイリアが頬を膨らませて不機嫌になっていた。

「メアお姉様、まだそんな口調なのですか？　もっと王族としての……いえ、それ以前に女性として――」

「ちょっ……なんで敵地のど真ん中で説教されなきゃいけないんだよ!?」

「ふ、二人とも、声が大きい、よぉ……」

俺たちの会話に、リナが割って入ろうとする。しかし相手が初対面だからかリナの声はいつも以上に小さく、イリアに鋭い目付きで睨まれてしまっていた。

「……この方は？」

イリアの威圧するような眼光に、リナがビクビクと震えている。

「俺の友達のリナだ。臆病だからあんまイジメてくれるなよ？」

そんなリナの肩を掴んで抱き寄せ、フォローする。

「イジメてなんていません！　ただ、そのような……なんというか、暗い方がメアお姉様とどのような接点があってご友人になったのか、興味がありまして……」

……もしかしてイリアは俺に、というか王族にリナみたいな友人は相応しくないとでも言いたいのだろうか？

だとしたら、文句の一つでも言ってやりたいが……いや、それよりも話題を元に戻そう。

イリアたちなら何か知ってるかもしれないし。

「学園の行事で仲良くなったんだよ。それよりお前はなんでこんなところにいるんだ？　人のことは言えないけど、王族がいるような場所じゃないだろ、ここは？」

「分かっています、そんなことは！　……ですが、私たちもどうしてこうなったのか、よく分からないのです」

　イリアは息を整えるためにそこで区切り、ユウキの背中から下りた。

「魔族の少女らしき人物に罠に嵌められて魔族大陸に飛ばされ、魔族や魔物をできるだけ避けて移動するうちにこうなった……というのが、把握できている現状です。何のために私たちを狙ったのか、理由までは定かではありませんが……」

　何のため、ね……お姫様なら誰に狙われてもおかしくないとは思うけどな。

　そのあたりの自覚がないのだろうかとは思うが、それは口にせず、話を進めることにする。

「それより今は、この状況を何とかする方が先だ」

「ですね。メアお姉様の言う通り、分からないことで悩んでいても仕方ありませんものね！　……ところで」

　するとイリアは突然、さっきまでの悩んでいた様子が嘘かと思うほどの笑みを浮かべていた。

「お姉様方こそ、なぜこの場所にいるのか、聞かせていただいてもよろしいでしょうか？」

「えっ……いや、それは……」

突然責めるような質問を投げかけられ、どう返したらいいか分からず言葉に詰まってしまう。

「私と同様に突然連れてこられたにしては、やけに冷静なご様子ですが……まさか自ら進んでこの地へ足を運んだなどと、一国の王族の口からそんな言葉は出ませんわよね？」

そう言って笑顔で凄んでくるイリア。

冷静さに関して言うなら、いきなり魔族大陸に飛ばされて泣き叫ぶわけでもなく、情報を整理しようとしているイリアこそ相当だと思う……なんてのは冗談でも今は口に出せない。怖いし。

でも何か言い訳を思い付くわけでもなくただ戸惑っていると、イリアが大きく溜息を吐いた。

「メアお姉様、あなたは昔からやんちゃでしたが、これはいくらなんでも『やんちゃ』の域を超えています！」

「俺だって遊びでここに来たわけじゃねえぞ？　それにあんま騒いでると、また魔物か魔族が来て戦うことになっちまう……さっさと行くぞ」

「ちょっ……お姉様！」

俺が強引に話を打ち切って逃げるように歩き始めると、イリアは「まだ話は終わってませんよ！」としつこく追及しながら付いてくる。

「ではせめて、どこに向かっているのか教えてください！　ここから脱出する手立てはあるのですか⁉」

「まずは魔城を目指す」

質問に簡潔に答えると、後ろから付いてきていたイリアが歩みを止める。

「魔城？　何を言って……そこは魔王が住む城ではありませんか⁉」

イリアは足音荒く、再び歩き始める。

「何を考えているのです⁉」

「今は別行動になっちまってるけど、他にも仲間がいてな。全員でそこを目指してたんだ。だったら他の奴も、バラバラになった今なら魔城に向かおうとするはずだろ？」

「危険です！」

イリアが食い下がる。しかし俺も相当ストレスが溜まっていたせいで、振り返りながら思わず声を荒らげてしまった。

「だったらどうする気だ⁉　帰る手段は？　ここがどの位置なのかは？　ただでさえお互い飛ばされて正確な場所すら分からないのに、帰る帰ると子供みたいに駄々をこねる気か⁉」

「メア、お姉様……？　わた、しは……そんなつもりじゃ……」

俺の怒りに身を任せた発言にその場の全員の肩が跳ね、イリアの目に少しずつ涙が溜まっていく。

「私、はただ……早くお母様とお父様を、安心させたくて……」

「あっ……」

嗚咽を漏らすイリアを見て、沸騰していた頭が急激に冷めていく。

イリアも焦っているんだ、突然知らない場所に飛ばされてしまって……

頼りになるのは、一緒にいたユウキだけ。そこに俺とリナが現れて、「もしかしたら」という気持ちが高まってさらに焦ってしまったのだろう。

俺はどこかにいるはずのアヤトを探そうと思っているが、イリアはこんな不安しかない状況から一刻も早く脱出したいわけだ。

ああ、やっちまったな……

「すまねぇ、イリア。言い過ぎた……」

「いいえ……メアお姉様の言い分は間違っていません。私も少々早まりました。目指す先は魔城にしましょう」

イリアは涙を拭きながら、そう提案してくる。

「い、いいのか？　イリアだって早く帰りたいんじゃ……」

「メアお姉様の言う通り、ここは危険なところで、今いる場所さえも分かっていません。ならばお仲間と合流して、少しでも戦力を増やした方が得策でしょう……」

多少の不安を残しながらも、俺たちは魔城へ向かうことにそれぞれ納得して頷くのだった。

第3話　ダディベアー

俺、アヤトは、目の前のダディベアーの言葉に、心の中でツッコんでいた。

ダディなのに女言葉って、完全にオネエじゃねえか……！　いや、実はメスなのか？

何はともあれ、言葉をしっかり話す魔物に会うのは、召喚したノワールとかベル以来初めてだな。

会話はできるんだろうか？

『おい』

『全く、虫どころか人まで入ってくるなんて……』

『おいっ！』

普通の声量では気付く様子がなかったので、大声で叫んでみるとようやく反応があった。

『言葉が通じている……？　人間があたしの言葉を理解しているというのか？』

『まぁ、そこは神様からの贈りものってやつだな。俺もしっかり意思疎通できる魔物はあまり見ないから少し驚いてるが……話し合いで解決させてくれるか？』

俺が軽くそう言うと、ダディベアーは低く唸る。

『話し合い？　あたし相手に話し合いだと？』

そして大声で笑い始めた。

あまりに大きな笑い声に、空気がピリピリと振動する。

後ろでは、ダディベアーの注意が俺に向いたことによって、ようやく動けるようになったカイトたちが、何やらコソコソと話していた。

「っ……あのっ、もしかしなくても師匠、あの魔物と会話してます？」

「多分。ベル以外で話してるのは初めて見る」

そうか、カイトは俺が魔物と話すのを見るのは初めてだったか。

俺が急にグルグル唸り出して驚いただろうな。

……もし豚とかと話す機会があったら、俺は終始無言を貫き通すだろう。だって嫌だろ、自分がブヒブヒ言ってる姿なんて。

なんてくだらないことを考えていると、ようやく笑い声が収まった。

『……面白い人間だね。あたしたちの言葉を喋れる上に臆することなく話し合おうなんて……虚勢や見栄でなく、余程自信があるように見えるわ』

『まぁ、ビッグワームとかいう魔物を軽くぶっ飛ばせる程度には自信があるぞ』

『ビッグワーム……ああ、あの砂漠ミミズのことか』

ダディベアーが手を口に当てて思い出そうとする仕草をし、それが少し可愛く思えてしまう。

『んで、あんたはあたしもぶっ飛ばそうっての？』

警戒して唸り始めるダディベアー。その威圧に、後ろのカイトたちも小さく悲鳴を上げる。

『そんなわけあるか。っていうか、後ろの奴らが怯えてるからあまり威嚇しないでくれ』

両手を挙げて戦意がないことを示すと、少しだけ落ち着いてくれるダディベアー。

『で、なんで人間……と亜人もね。こんなところにいるのかしら？』

『魔王を倒しに来たら事故った』

雑な答え方をすると、最初は困ったように眉をひそめたダディベアーだったが……

『まぁ、事情があるみたいだし、すぐに出てってくれるならいいんだけど……』

『なんなら俺たちを出口まで送ってくれるとありがたいんだが？』

ニッと笑って言ってみる。

『……クッ、ククク……！　ずいぶん図々しいことを言うわね、お前は。いいだろう、ここで会ったのも何かの縁、案内してやるわ――』

というとことで。

「うおぉぉぉっ⁉」

「〰〰〰っ」

俺たちはダディベアーの背中に乗り、洞窟の中を移動していた。

まるで新幹線みたいな速度なので、カイトとミーナは飛ばされないように必死にしがみついていた。

ちなみに俺は普通に胡座をかいて座り、背負った魔族の女を落ちないようにしっかり掴んでいる。

『アッハハハハ！　人を背中に乗せて走ることになるとは思ってもいなかったけど、結構楽しいもんだね、これは！』

高笑いしながら猛スピードで走り続けるダディベアー。

なんか、三階建ての一軒家サイズの物体が猛スピードで移動しているって考えると、傍から見たら凄いことになってそうだな。

「し、師匠！　彼……いえ、彼女でしたっけ？　なんて言ってるんです⁉」

ダディベアーが何か喋ってるのに気が付いたカイトが、そんな質問をしてくる。

「あー、そうだな……お前らの反応が楽しいって」

「性格悪いですね⁉」

むしろ適当なことを言ってカイトたちの反応を楽しんでいるのは俺の方なのだが。

しかしその猛スピードのおかげで、俺たちは五分も経たないうちに洞窟から抜け出せた。

「あーあ、空気が美味い」

ダディベアーの背中から下りた俺は、背伸びとストレッチをしながら、大きく呼吸をしつつそう呟く。

後ろではカイトとミーナが地面に手と膝（ひざ）を突いて俯（うつむ）き、ダディベアーはパンダみたいに座っていた。

……うん、あれは前に一度動物園で見たパンダの座り方だな。

一旦（いったん）魔族の女を背中から下ろし、ダディベアーと向き合う。

『改めて、悪かったな。突然寝床に邪魔（じゃま）しちまって』

『いいさね。何より、あたしたちと話せる面白い人間と出会えたんだから……ついでだ、あんた、あたしと契約してくれないかい？』

急な申し出に、首を傾げる。

『契約……？　まさか名前を付けるっていうアレか？』

『そうだよ。人間はよく他者に名前を付けるが、あたしたち魔物にとってそれは主従（しゅじゅう）契約を意味する。魔力の少ない者が多い者に従う、というものさ』

それはつまり、学園の授業でやった召喚と同じものと考えていいのだろうか？

『契約するメリットとデメリットは？』

『一応主従関係だからね、あんたにとってのメリットが大きいかねぇ……まず、どこにいてもあたしを召喚できる。ま、自分で言うのもなんだけど、あたしもそれなりの力を持つ存在だから、魔力は相当食うがね。あと、あたしの身体能力を幾分か受け継げる、ってのがメリットだね』

あっ、後半はいらないな、と思いながら、ダディベアーに続きを促す。

『デメリットの方は、契約と召喚の際に魔力消費が大きいってことかねぇ。普通の生物だったら、魔力が枯渇して死に至るくらいの量が必要なんだけど……ま、魔王を倒しに来たなんて豪語してるくらいだし、あんたなら多分余裕でしょ？　……さ、どうするのかしら？』

その程度だったらデメリットってほどでもないな、なんてことを思っていると、ダディベアーの口角が僅かに上がる。熊だから、笑っているのかどうか判断しにくい。

しかし魔物の召喚か。契約すればできるってことは、メアとミーナも、授業でそれぞれ召喚して契約したクロやベルを呼び出せるのかね。それにその理論でいくと、俺もノワールを呼び出せるってことになるか。

ぶっちゃけ、行ったことのある場所には空間魔術を使えば一瞬で行けるし、自分以外のものも一緒に移動はできる……とはいえ、相手の居場所が分かってないと結構面倒だからなぁ。

その点を考えれば、召喚術が使えるようになるのはかなり便利だな。

俺は内心で頷くと、簡潔に答えた。

『当然』

そう言って不敵に笑ってやる。

その答えが面白かったのか、ダディベアーが笑う。

『ふっ……アハハハッ！　その言葉がハッタリかどうかはともかく、『当然』とは大きく出たね！　そんじゃ、あたしに名を付けてくれるかい？』

うーん、名付けか。

ダディベアーを略して『ディア』ってのは……なんか反対されそうだな。こいつ女っぽいし、もっと可愛い名前がいいとか言われそうだ。

ならそれをちょっと可愛らしくすればいいか。

『じゃあ、お前の名は「ティア」だ』

俺がそう名付けると同時に、ダディベアーの体に光が灯る。

『……なるほどね、大口を叩くだけの実力はあるってことかい』

ダディベアー、もといティアが自分の体を見て呟く。

そういえばノワールと契約した時にも、力が漲るみたいなことを言われた気がするな。

契約するとそんなことも分かるのか。

すると、その契約の光が眩しかったのか、魔族の女が身じろぎをしながら目を開けた。

「んんっ、なんだ……？」

「おっ、目が覚めた」

地面に寝かせていた魔族の女の顔を覗き込むと、俺のことを確認した女は固まってしまう。

その数秒後、今度は大きく目を見開いた。

「にんげっ……どうしてここ……ぐっ⁉」

興奮して急に立ち上がろうとする魔族の女だが、塞がっていない傷口が痛むのか、すぐに膝を突く。

「落ち着けって、別にとって食おうってわけじゃないんだ。なぁ、ティア？」

俺が顔を向けて問いかけた先に、女も視線を向ける。

そして次の瞬間、真っ青な顔で尻もちをついてしまった。

「ダディ……ベアー……⁉　なぜこんなところに……⁉」

「だから落ち着けって、ほら」

腰を抜かしたのか、立ち上がることができなそうな女に手を貸して座らせてやる。

「な、何をしている？　……いや待て、そもそも私は磔にされて動けなくなっていたはずじゃ……？」

記憶を手繰り寄せようとするかのごとく頭を抱える魔族の女。

「ああ、そうだよ。さっきまでそうだった」

「さっきまで……？　ではあの杭は誰が？」

「あの魔力を吸い取ろうとする杭だろ？　俺が取った」

その言葉に、魔族の女は一瞬固まってしまった。

「バカな！　あれは少し触れるだけで、常人ならば魔力を根こそぎ持っていかれるはずだ……しかもそれが四本！」

魔物が寄ってくるかもしれないから、あまり大声で騒がないでほしいんだけど。

「ああまぁ、ちょっと魔力は抜かれたけど、気にするほどのものじゃないだろ」

「気にすっ……⁉　私ですら動けなくなっていたというのに、お前は一体……？」

魔族の女が混乱しているうちに、俺はティアの方へ向き直る。

『ティアとはここでお別れってことでいいよな？　できれば手伝ってもらいたいこともあるが……』

『さすがに魔王を倒してくれ、なんて無茶ぶりは無理よ？　それにあんたには必要なささそうだし』

「おい、お前は何を言ってるんだ？」

俺とティアの会話、というよりも俺がグルグル唸っているのが気になったのだろう、魔族の女が疑問を投げかけてくるが無視。

『いや、探してほしい人間がいるんだ——』

俺はティアに、はぐれてしまった仲間たちの特徴を教える。

メアとリナはもちろん、一応ノクト一行、それから心配ないとは思うが、ノワールやヘレナの特徴も伝えておく。

『あとはフィーナもだけど……この大陸は魔族ばっかだから見分けつかないよな。どう伝えよう……美人？』

『ただでさえあんたらの美的価値観なんて知らないのに、そんな曖昧な特徴じゃ分からないわよ』

ツッコまれてしまった。しょうがない、フィーナはこっちで探すとしよう。

ココアたちのことも気になるが、精霊王だし大丈夫……だよな？　もしかしたら結界のせいで俺の中から出てこれないだけかもしれないし。

『……じゃあ、今言った奴らの捜索を頼む。見付けたら、そいつらを守りながら魔城を目指してくれ』

『契約して早々、魔物使いが荒いね……』

ティアは愚痴を零しつつも、洞窟の入り口とは別の方向に歩き出す。

『三日……三日だけ探してやる。それ以上探しても見付からなかったら、ここに帰ってくるからね？』

『十分過ぎるよ、ありがとな相棒』

ミーナも相棒だけど、あっちが一号で、ティアは相棒二号ってことにしておく。

……ノワールの場合は相棒っていうより執事だし、ティアが二号でいいよな？

俺が礼を言うと、こちらを振り向いたティアがさっきと同様に口の端を吊り上げる。

『人間に礼を言われるってのも、悪くないもんだねぇ……任せなよ、相棒』

そう言い残して、ティアは森の中へと消えていった。

なんだろう、四足歩行の後ろ姿が少しカッコよく見えてしまった。あの頼もしさはまさにお父さんって感じだな。

後ろ姿を見送った俺は、未だに腰が抜けている魔族の女を振り向く。

「よし、次はお前だな」

ティアがいなくなってホッとしていた女にそう言うと、訝しげな表情で見返してきた。

「……お前は、私をどうするつもりだ？」

「そうだな。とりあえず、こちらからは害を与えることはない、と言っておこう。あとは確認なんだが……お前の名前はペルディアか？」

別にこいつがペルディアだと確信を持っているわけではないが、とりあえず聞く価値はあるだろう。

なにせあんなところに磔にされるなんて、普通ありえない。

俺のその言葉に、魔族の女は一瞬びくっとした後、警戒した様子で頷いた。

「……ああ、たしかに私の名前はペルディアだが……なぜそんなことを聞く？　お前は一体誰なんだ？　なぜ人間がこんなところにいる？」

お、当たりか。偶然かどうかは分からないけど、こんなに早く見つかるとはラッキーだな……完全に警戒されてしまったが。まあ、たしかに怪しいか。

しょうがない、ささっと事情を話して警戒を解いてもらうか。

「俺はアヤト。ここにいる理由は、元魔王ペルディア……つまりあんたの保護だ」

「私の、保護……？　なぜ人間が……」

不思議そうなペルディアに、フィーナと出会ってペルディアの救助を手伝うと約束したこと、魔族大陸に到着したはいいが、謎の光に包まれて他の仲間たちとはぐれてしまったことを説明する。

「そうか、フィーナが……」

一通り聞き終えたところで、感慨深そうに呟くペルディアは、まるで母親のような穏やかな表情を浮かべていた。

「ああ、そうだよ。あいつは何かあればすぐペルディア様ペルディア様って言うし、蹴(け)ってくるし、ツンデレるし……」

「ツン……？　まぁ、元気にやってるようで何よりだ。それにしても、まさか『勇者』に助けられるとはな」

　ペルディアが発した「勇者」という言葉に、俺は眉をピクリと動かす。

「だから俺は勇者じゃねえっての……」

　別にペルディアが何度も言ったわけではないのに、再び耳にしたその言葉に思わず苛(いら)立(だ)って呟いてしまう。

　そんな俺の様子を見て、ペルディアは首を傾げた。

「何か気に障(さわ)ることを言ってしまったか？」

「……いいや」

　落ち着くために、一度大きく深呼吸をする。

「なんでもない……って誤魔化(ごまか)すと後でまた言われそうだから今のうちに訂正(ていせい)しとく。俺は勇者じゃない」

「え？　だがグランデウスの奴が、フィーナの呪いは勇者に解かれたと言っていたが……」

　なるほど、グランデウスの言葉をそのまま受け止め、俺が勇者だと思い込んだわけか。

「あいつが勝手にそう勘違いしてるだけだ。こちとらちょっと凄いだけの観光客だぞ」

「師匠、それ結構苦しいですよ」

我慢できなかったのかカイトがツッコミを入れてくると、ペルディアがそちらに目を向けた。

「そういえば、この子らは？」

「俺の弟子だ。名前は……」

自分たちで言え、と二人に視線を送る。

「猫人族、ミーナ」

「えっと、人間？　のカイトです」

ミーナは軽く挙手し、カイトは戸惑いながらも礼儀正しく頭を下げる。

するとペルディアがじっとミーナを見つめる。

「猫人族か……珍しいな」

そう言って向けるのは興味と驚きが混じった視線だった。

猫人族が珍しい？　ミーナの何かが珍しいのではなく、猫人族っていう種族がか？

ミーナの反応を窺うと、パッと見では分かりにくいが、どこか落ち込んでいるように見えた。

何やら込み入った事情があるみたいだが……まあ、その話はミーナが話そうと思った時にでも聞こう。

「まぁ、とにかくだ。俺は使命とか何とかでこの世界に呼ばれたわけじゃないから、勇者じゃないってこと！　さっさとメアたちを探しつつ、魔城に向かうぞ！」

俺は話を打ち切って、先に進もうと急かす。

「えっ、でも……ここから魔城までの道のりは分かるんですか？」

「そりゃ、分かるだろ？　ここに魔王だった奴がいるんだから」

カイトが不思議そうに聞いてくるが、俺はそう言ってペルディアを見る。

「元とはいえ王様やってたんだったら、さすがに自分が治めていた大陸の地形くらい分かるだろ？」

「だいぶ暴論だな……まぁ、問題ない。ここから魔城まではそう遠くないからな。東に真っ直ぐ歩いて一日半といったところだ。しかし魔城を目指すということは……まさかグランデウスを倒すつもりか？」

ペルディアが疑いの眼差しを向けてくる。

「そのつもりだけど、何か問題があるか？」

「ダディベアーを従えているのはたしかに凄いが、それだけであいつを倒せるという判断材料にはならない。なぜならばあいつは――」

ペルディアが続けて語ったのは、にわかには信じられない内容だった。

第4話　トラブルだらけな森キャンプ

ペルディアからグランデウスの情報を聞いた俺たちは、とにかく先へ進まないことには仲間を探せないし、話も始まらないということで、森の中を東へと進んだ。

そして日が沈み始める前に、ある程度開けた場所に出たので、そこで一泊することになった。

ペルディアは移動を始めた当初、自分に全て任せろと言わんばかりに自信満々だったのだが、結界のせいで魔法が使えないことに気付くと、一気にテンションが下がっていった。

まあ、だいたいの地形は覚えているようなのでかなり助かってはいるのだが。

ともかく、このまま日が暮れてしまうと気温がかなり下がってしまう。

野営地の設営のため、まずは火をおこすことにした。

適当に乾いた倒木と落ち葉を集め、野営地の中心で準備を進める。

「何をする気ですか？」

「何って……見れば分かるだろ？」

カイトは眉をひそめながら、倒木に載せた落ち葉をじっと見る。

「……いえ、さすがにこれじゃあ、分からないです」

「……そうか」

カイトの年齢的に、こういう作業をしたことがないとかか？

……いや、よく見るとペルディアも訝しげな表情を浮かべている。

もしかするとこの世界じゃ、何でもかんでも魔法や魔道具に頼りすぎていて、魔法なしで火をおこす手段は一般的じゃないのか……？

「火をおこすんだよ、魔法抜きでな」

「魔法抜きで火を？　そんな方法が……」

俺の言葉にペルディアが興味を持ったのか、作業の様子を覗き込んでくる。

俺は落ち葉の上から指を突っ込み、指先が倒木に到達したところで思いっ切り回転させる。

「これでよし」

「……え？」

『何が？』と言いたげに、カイトとペルディアの声が重なる。

しかしその声と同時に、落ち葉の中に変化が起きていた。

「これ、煙……？」

「おおっ、本当に火が点いてるぞ!?」

煙が立ち、あっという間に落ち葉に着火したのだ。

そんな光景を、カイトもペルディアも驚いた顔で見つめる。

とりあえずこのままだとすぐに消えてしまうので、残しておいた木材を落ち葉の上に組んで火が移るようにする。

それから火はみるみる燃え上がり、立派な焚き火が完成した。

カイトとペルディアの二人から「「おぉ～！」」と歓声が上がり、寒がりなミーナは真っ先に、その火で暖を取ろうと近付く。

「魔法も魔道具も無しで火をおこすとは……一体どんな技を使ったんだ？」

キラキラした目を焚き火と俺に向けながら、ペルディアが聞いてきた。

「技も何も、ただの摩擦だよ。普通は道具を使ってやるんだが……」

「まぁ、師匠には必要ないですよね」

さも当然のように言うカイト。ミーナも火に手を当てて暖かそうにしながら何回か頷く。

「……そうなのか？」

不思議そうな顔をするペルディアに、カイトは大きく頷いた。

「まあ……色々とありますけど、海の上を走ったりしてましたからね、師匠は」

「は？　海の上を？」

そういえば魔族大陸に上陸する時、俺だけそんなことしてたな。

俺は呆然としているペルディアに苦笑しながら、ミーナの横に座る。

「ま、カイトもペルディアもとりあえず座って休んどけ。明日も移動だしな」

「……はい、そうですよね。そうさせてもらいます」

「あ、ああ。そうだな」

カイトとペルディアは素直に俺の横に座った。

いや、疲労というよりこれは……心配、か？

カイトは笑みを浮かべてはいるが、どことなく疲労の色が見えていた。

きっと、他の仲間のことを心配しているのだろう。

余裕がある俺ならまだしも、こんな切羽詰まった状況でも人のことを気にするなんてな……まったく、いい奴にもほどがあるだろ。

なんて思っていると、突然ある音が辺りに鳴り響く。

――ぐうううう……

魔物の鳴き声……と言うには少し可愛らしく、音の発信源はすぐに特定できた。

……ペルディアの腹だ。

「な……あ……」

数秒経って、その音が自分の腹から鳴ったことに気付いたペルディアは、アホ面の硬直状態から徐々に顔を赤くしていった。

まぁ、あの洞窟にどれだけ閉じ込められていたのかは知らんが、そこそこ長い間、何も口にしていなかったんだろう。

「……飯にするか」

「……ですね」

真っ赤な顔で口をパクパクさせているペルディアは放っておいて、俺たちは飯の準備をしようと立ち上がった。

「でも食材はどうするんですか？　魔法も魔術も使えないんですよね？」

「んなもん、俺たちには『コレ』があるだろ？」

不思議そうにしているカイトに対して、俺はそう言って拳を突き出す。

「はぁ……やっぱそうなりますよね」

肩を落として苦笑するカイト。

完全に脳筋の考え方みたいになってるが、この状況じゃ考えてるだけで解決することなんて何もないだろうし、間違ってはないと思う。

「そんじゃ、ミーナとペルディアは火の番をしててくれ。俺とカイトで狩りに行ってくる」

「いや、私も行く」

まだ顔の赤みが残ったままのペルディアがそう言ってきた。

「今のお前じゃ下手すりゃ足手纏いだぞ？　魔術も封じられてポーションもないから応急処置くらいしかできてないし、動くとまた傷口が開くだろうな」

「うぐっ……し、しかしだな……」

「いいからお前はとにかく――」

俺は焚き火から少し離れたところを指差す。

「――寝とけ」

「なんでベッドがあるんだ⁉」

ベッド、というほど豪華なものではないが、さっき落ち葉を集めている時に片手間で、それっぽいものを作っておいたのだ。

作り方は簡単。

木を丸々一本切り倒し、縦半分に割る。

平面になるように並べて、両端を固定。

あとは少しでも寝やすくなるように、落とした枝の柔らかい部分と葉っぱを敷いたら出来上がりだ。

「ホントに待ってください……コレ、いつの間に作ったんですか？」

「お前らが落ち葉拾いを手伝ってる時に、ちゃちゃっと」

「なんで魔法が使えないのに魔法みたいなことしてるんですか⁉　ああもう……いつか師

匠を人間って認識できなくなりそうですよ……」

頭を抱えてかーなーり失礼なことを口にするカイト。

こいつ、模擬戦が終わった辺りから図々しいというか、遠慮のない物言いばっかかしてるよな。

俺のことをなんだと思ってるんだ……

☆★☆★

「師匠、狩りって言ってましたけど、結局何を獲りに行くんですか?」

俺、カイトは、前方を歩くアヤト師匠にそう尋ねた。

そろそろ日が落ち始めて暗くなってきているというのに、師匠は躊躇なくどんどん進んでいる。

「この近くから水の音が聞こえるから、まずは魚を獲ろうと思ってな。他にも食えそうな動物や魔物がいれば狩るつもりだ」

師匠はそう言って、迷う素振りもなく歩く。

耳を澄ましても、水の音など全く聞こえない。風音とか草木が揺れる音しかしないんだけど……

しかし、しばらく歩いていると、たしかに前方から水音が聞こえてきた。

「本当に聞こえてたんですね……」

師匠は「まぁな」と答えると、表情を少し険しくして俺を制止する。

「どうしました、師匠？」

空気を察して小声で尋ねる。

「……」

だけど師匠は神妙な顔をしたまま、反応してくれない。まさか敵？

あまり見ない師匠の表情に、俺も緊張する。

「……カイト、先に行って見てきてくれないか？」

「えっ？」

思いがけない師匠の言葉に、驚きの声を上げてしまった。

今、師匠が俺を頼った？

「この先の川に何かがいる、それを見てきてくれ」

「わ、分かりました……！」

師匠の真剣な声に、俺は戸惑いながらも頷いた。

姿勢を低くし、茂みに隠れつつ移動する。

もしかしたら強い魔物か、はたまた魔族がいるのかもしれない。

でも、師匠が警戒するほどの敵だとしたら、俺なんてすぐに殺されるんじゃ……？

想像しただけで身震いしてしまうが、恐怖に耐えながらも前へ進む。

そしてようやく開けた場所に出て、そこにいたのは——

「〜〜〜〜♪」

鼻歌を歌いながら水浴びをする、裸のシャードさんだった。

「なっ……!?」

「……ん？　おぉ、カイト君じゃないか！」

思わず声を漏らしたせいで、シャードさんがこちらに気付く。

そしてそのまま、恥ずかしげもなく両手を広げて近付いてきた。

「ちょっ……前！　服！　裸で来ないでください！」

「何を言っている？　ようやく仲間と出会えたのに、この喜びを分かち合わないのはおかしいだろう！」

俺は慌てて顔を両手で覆うが、この声色は絶対こっちをからかってる！

ちらりと指の隙間から覗くと、シャードさんは案の定、上機嫌でニヤニヤと笑みを浮かべている。そして少し視線を下げれば、大きく膨らんだ二つの——

「師匠ぉー！　シャードさんいましたよぉー！」

もうどうすればいいか分からず、師匠を大声で呼ぶ。

するとすぐに背後から、シャードさんが裸なのを気にする様子もなく、師匠が堂々と出てきた。

「うん、知ってた」

「……はい？」

知ってた？　ここにシャードさんがいたことを？

「木の隙間からシャードがいるのは見えてたんだけど、水浴び中みたいだったからカイトを突っ込ませることにしたんだが……まさか裸のまま こっちに来るとは思わなかったよ」

「ふっ、私は自分の体に自信がある。見られることに後ろめたさなどないのだよ」

「後ろめたさとかじゃなくて、常識がないのでは？」

師匠とシャードさんの会話に、思わず冷静なツッコミを入れてしまった。

「ハハッ、中等部の子に言われてしまうとはな……ん？」

と、そこでシャードさんが何かに気付いたように横を見る。

師匠と俺もそちらに目を向けると、そこには大きな獣が数匹いた。

「あれはイノシシか……？」

師匠がソレを見て、首を傾げる。

「ああ、あれはマジックボアだな。突進と魔法で同時攻撃をしてくるイノシシの魔物だ。冒険者風に言うなら強さは中級、DランクやCランクの冒険者が相手にするような敵だ」

魔物についてはシャードさんの方が詳しいため、解説してくれた。

たしかミーナさんがDランクって言ってたから、それなりの強さと考えていいのかな……

そうこうしている間に、マジックボアが火や水の魔法を宙に作り出す。

「へえ、魔法ねぇ……今はまだ結界が張られてるのに、なんであいつらは魔法が使えるんだ？」

師匠の素朴な疑問に、シャードさんは頷いてから答えてくれた。

「恐らく今張られている結界は、体内の魔力の放出を阻害するタイプなのだろうな。通常我々が使う魔法は、体内の魔力を変換して放つが、その変換したものの放出が妨げられているというわけだ……一方で一部の特殊な魔物は、体内の魔力ではなく、空中に漂う魔力の残滓――通称魔素を使って魔法を使うと言われている。これは、そこまでの魔力を持っていなさそうに見えても、強力な魔法を放つ種類がいることから生まれた仮説だ。そしてあのマジックボアは、その『一部の魔物』の一種なんだ」

魔物を前にしているとは思えないのんびりとした解説に、俺と師匠は「おぉ～」と呑気に拍手を送る。

だってなんだかんだ言って、魔法が使えなくても師匠が倒してくれそうだし――

「よし、それじゃあ、丁度三匹いることだし、それぞれで分担しようぜ」

なんて思っていたら、師匠がサラっととんでもないことを言い出した。

思いがけない言葉だったのだろう、シャードさんは無言で師匠を見つめている。

……って、俺も？

「えっ、マジです――かぁぁあっ⁉」

抗議の声を上げた途端、マジックボアの魔法が俺たちの方へと放たれた。

まだ会話の途中だってのにチクショウ！

師匠は飄々と避けていたが、俺の後ろにはシャードさんがいるため、それに倣うこともできない。

俺は咄嗟に剣を抜き、火の玉を迎撃した。

「っつう⁉」

着弾の瞬間に爆発した火の玉の熱気に耐えながら、俺はマジックボアを見据える。

マジックボアはシャードさんが解説していた通り、こちらへ突進してきていた。

「シャードさん！」

俺は振り返り、シャードさんの腰に手を回して抱きかかえると、すぐさまその場から跳び、ギリギリのところで突進を躱す。

マジックボアは勢いもそのままに突っ込んでいき、俺たちの後ろにあった木を簡単にへし折っていった。

……アレで中級って、さすがに嘘だろ⁉

「なんであれが中級程度なんですか！　絶対もっと上でしょう⁉」

「たしかに強いが、一方で対処は簡単だ。魔法を防ぎ、マジックボアの突進を避けながら反撃すればいい。奴らは単調だから曲がることを知らないぞ」

聞くだけなら簡単そうだなーなんて思っていると、もう一匹が俺たちに向かって走ってきた。

「さらに助言だ、カイト君。奴はイノシシの魔物ではあるが、動物のイノシシとは違って毛や皮膚が薄い。上手く躱して頭近くを攻撃するだけで簡単に倒せるぞ」

シャードさんのありがたい助言を受けて、俺は少しだけ体をズラして飛んできた魔法を避ける。

まぁ、俺だって強くなりたいから師匠の弟子になったんだもんな……泣き言を言う前に、やるだけやってやる！

「うっし、来い！」

「気合を入れているところ悪いが、一ついいか？」

マジックボアがもうすぐそこまで来ているのに、シャードさんが神妙な顔で語りかけてきた。

「今の私の状態……先程から裸のままなのには気付いているかな？」

なぜわざわざこのタイミングで、そんな集中力を乱すようなことを言うのかこの人は⁉

しかしシャードさんの発言の意図は、次の瞬間に分かった。

丁度今こちらに向かってきているマジックボアの頭に、白衣っぽい布が被さっていたのだ。

いや、白衣だけじゃない。恐らくその下に着るであろう上着やパンツが、まるで飾り物のようにマジックボアの毛に絡みついていた。

「あのケダモノに私の大切なものを奪われてしまったな……」

「言い方っ！」

実際に間違ってはいないというのが、逆に悪意を感じる気がする。

とにかく、シャードさんの服を取り返さないと、このままじゃ色々とまずい……

「あと、図々しいことを言うようだが、白衣だけはなるべく破いたり血を付けたりしないでくれると嬉しい」

「本当に図々しいですね⁉」

そりゃあ、服を破かないのが一番いいんだろうけど……

「仕方ないのだよ、あの白衣はこの大陸に持ってきた一張羅でね。アレがないと私は……全裸でこの大陸を移動しないといけなくなる」

「なんでですか⁉　普通に白衣以外が無事だったらそれを着ればいいじゃないですか！」

「白衣がないなど、裸で歩き回っているようなものだろう?」

早口でツッコミまくった上、シャードさんの最後の発言で一気に疲れてしまった。なんでこんなにも緊張感がないのやら……

そんなやりとりをしている間にも、マジックボアは目の前まで迫っていた。

するとその時、マジックボアの頭に被さっていた白衣がズレて、目を覆い隠す形となった。

チャンスだ!

あらかじめマジックボアの突進する射線上より、少しズレて立つ。

これでシャードさんの白衣だけでも奪い取れれば……

そう考えたのだが、マジックボアは何かに躓いたのか、突然よろめいてこちらへと向かってくる。

「なっ——!?」

あまりに急な出来事に対応できなかった俺は、後退した足がもつれて転んでしまった。

シャードさんもなんとか俺を支えようと足をついて踏ん張るが、勢いに負けて傾く。結局、転ぶまでの時間が延びただけだった。

でも、これだけでも……!

そう思って、目の前まで迫っていたマジックボアの頭にある白衣に手を伸ばす。

その手は無事、白衣を掴んだ。

「やっ――っいたっ！」

成功した喜びに浸る間もなく、尻を地面に打ち付けてしまい、ついでにそのまま頭もぶつける。

「……ってて……あっ、白衣取り返しましたよ、シャードさん！」

痛みを忘れて立ち上がるが、白衣の持ち主であるシャードさんは、俺の手にあるそれではなく、別のものに視線を向けていた。

俺に覆い被さるように倒れこんでいたシャードさんは、座り直した姿勢で俺を見上げているが、視線の位置は明らかに低い。

――あれ、そういえばなんか下半身がスースーするよう……な？

よく見るとシャードさんはズボンを持っていた――俺が先程まで穿いていたズボンを。

「な、なんでシャードさんが俺のズボン……」

「すまない、カイト君……まさかこんなことになるとは思わなかったのだが……ふむ」

相変わらず視線を固定したまま、顎に手を当てるシャードさん。待って……じゃあ、今の俺の状態って？

恐る恐る自分の身体を見下ろすと、ズボンが脱げているどころかパンツまで下がってしまっていた。

「って、なんでこんなことになってるんですか⁉」

「ふむ、君が立ち上がる際に私の手がズボンに引っかかってしまったようだな」

いやそんな冷静に答えてほしいわけじゃなくて、と思いつつ急いでパンツを上げる俺。

女性の前でパンツ下ろしてるとか、俺が変態みたいじゃないか⁉

さすがに恥ずかし過ぎて涙が出てきてしまったが、とにかくシャードさんからズボンを返してもらわないと。

「そ、その……ズボン返してもらっていいですか？」

「何、気にすることはないさ……」

シャードさんはそう言って軽く首を横に振る。

「君のモノは立派だったよ、だから恥じることはない」

「モノって何……を……⁉」

シャードさんが言う「モノ」が何を指すのか、ツッコミながらもすぐに思い至る。

しかしシャードさんは気にする様子もなく、言葉を続ける。

「つまり君も、私のように裸体を晒せばいいということだ！」

「んなわけあるかっ！　いいから早くズボン返せ！」

謎理論を力説するシャードさんに、思わず師匠のような乱暴な言い方をしてしまう。

……いや、だって恥ずかしいものは恥ずかしいししょうがないだろ？

第5話　夜襲

カイトたちがいちゃつくのを後目にマジックボアを狩った俺は、シャードに服を着させてから野営地に戻ってきた。

「おかえりアヤト……シャード、見付けたんだ」

こちらに気付いたミーナが、俺の名前を呼びながら笑顔で駆け寄ってくる。

と、そこでカイトの様子に首を傾げた。

「あれ、カイト……何かあったの？」

「え……あっいや、何もありませんでしたよ……」

カイトは明らかに目が赤くなっていて、落ち込んだ様子だ。何もないと言っていても説得力は皆無だった。

「あまり追及してやるな……」

俺はカイトを庇うようにそう言って、ミーナの肩に手を置く。

しかしここでイタズラ心が芽生えてしまい、目をカッと開いた。

「そう、たとえ他人にズボンを脱がされてパンツまで下げられ、痴態を晒してしまっていたとしてもな！」

「ちょっ⁉　師匠あんた、何普通にバラしてんですか！」

かなり慌てた様子でツッコミを入れてくるカイト。恥ずかしいのだろう、顔が真っ赤だ。

「女の子の前で大胆なカイト……ポッ」

「仕方ないさ、カイト君の年頃は色々多感だからな。そういう気分になることもあるさ」

「俺が自分からやったみたいな話の流れを作らないでくれます？　特にそこの犯人」

わざとらしく擬音を口に出しながら頬を押さえるミーナと、当事者なのに完全に他人事なシャード。

そんな二人のふざけた言動に、多少落ち着きを取り戻したカイトがツッコミを入れる。

人はこうやって弄られて成長するんだなーなんて考えていると、騒がしくて目覚めたのかペルディアが俺の横に来る。

その姿を見たシャードは、見慣れない魔族の姿に一瞬目を見開いて驚くが、すぐにいつもの笑みを浮かべた。

「……もしかして、彼女がペルディア様かな？」

視線をペルディアに向けつつ、俺に問いかけるシャード。

それに答えたのは俺でなく、ペルディア自身だった。

「ああ、私がペルディアだ。グランデウスに負けて、魔王の地位も何もかも奪われてしまった哀れな魔族だよ……」

自嘲するようにそう言ったペルディアに、シャードは場を和ませようとしているのか、軽い調子で返す。

「ハッハッハ、気にすることはないさ。王位なんてない方が気楽だろうしな……命あっての物種と思えばいい。私なんて戦闘力のない研究者なのに、王の言葉一つで敵地に駆り出されるんだ、それに比べればまだ気が楽だろう？」

「……クッ、フフッ……」

シャードの言葉に、少し笑うペルディア。

「それは酷い王だ……災難だったな？」

「ああ……だが、敵とされている魔族、それもその王様から『災難だ』と言ってもらえただけで報われるよ」

肩を竦めて笑みを浮かべるシャードに、「『元』だがな」と苦笑しつつ手を差し出すペルディア。

「ふふ、お前とは仲良くなれそうな気がするよ」

シャードがその手を握り返し、二人は固い握手を交わした。

「私もだ……改めて自己紹介をさせてもらおう。人間の大陸で研究者をしているシャードだ」

「ペルディアだ。今はただの魔族と思って接してもらいたい」

友情が育まれているようだが、とりあえず飯を食いたい。

「んじゃ、自己紹介も済んだことだし、飯にすっぞ」

俺はそう言って、倒してきたマジックボアを指差す。

ついでに素手で川魚も取っているので、それも。

「改めて思うが、食料も何も持たずにこの大陸に来たとしても、アヤト君がいればやっていける気がするな……」

そう言うシャードの視線は、俺がさっき作った木製ベッドに向けられていた。


食事を済ませ、追加のベッドも作ってカイトたちを寝かせる。

火の番として、俺とミーナの二人だけ起きていた。

他の誰もいなくなったからか、ミーナは俺の膝に頭を乗せ、ゴロゴロと喉を鳴らして甘えてくる。

そんなミーナの頭を撫でながら、ティアと別れた後にペルディアが言っていたことを思い出す。

『ダディベアーを従えているのはたしかに凄いが、それだけであいつを倒せるという判断材料にはならない。なぜならばあいつは――不死身なんだ！』

それからペルディアは、グランデウスの情報を教えてくれた。

身体的特徴やその能力。

そして、『不死身』というのが比喩でも何でもないということ。

なにせ実際に襲撃された際、応戦して腕や足、それどころか頭や心臓まで吹き飛ばしたというのに、ことごとく再生したというのだ。

攻撃しても無限に回復するグランデウスに対して、ペルディアは最終的に力尽きてしまったらしい。

普通ならば弱点である頭や心臓を潰しても死なないとなると、どう倒せばいいものか。

思い返せば、元の世界にいた頃の親友、新谷結城との付き合いで見ていたアニメとか漫画にも不死のキャラクターはいた。そいつらは何かしら部位的な弱点があったり、あるいは主人公だけが持つ特別な力に弱かったりしたものだが……

実態に対峙して、弱点部位があるようなら何とかなるとは思うが、もし特別な力とやらが必要だった場合が困る。

シトから全魔法属性の適性を貰いはしたけど、それだけだからなぁ。定番通りに光属性が弱点とかだったらいいなぁ……

なんて考え込むあまり、いつの間にかミーナの頭を撫でる手が止まってしまっていたようだ。

ふと気が付くと、ミーナが思い詰めた表情でこちらを見上げていた。

「……アヤト」

え、そんなに頭撫でてほしかったの……？　と思っていたが、どうやら違うらしい。

「さっきペルディアが言ってた、『猫人族が珍しい』って言葉……気になる？」

その言葉に、俺は一瞬考え込む。

たしかに気になっているし、何よりミーナ自身が聞いてほしそうにしているように感じられた。

「ミーナがいいなら、聞かせてほしい」

「ん。少し前……アヤトと出会う前に猫人族のある噂を聞いた」

「噂？」

俺が聞き返すと、頭と一緒に俺の膝の上に置いていた手に力が入る。

「……『猫人族の集落が消え、絶滅した』……」

ためらうようにして、震える声で紡がれた言葉。それはつまり……

「ミーナの家族は……？」

「……噂は噂。デマかもしれないし、本当だったとしても家族は無事かもしれない。だけど、その噂をみんな信じたせいで奴隷としての価値が上がって、前にもまして狙われやすくなっちゃった。だから――」

ミーナはそこで言葉を切り、潤んでいた目を強く閉じる。

「助けて……」

今にも消えてしまいそうな声。

その言葉の意味は、ミーナ自身を奴隷商の魔の手から助けてほしいというものか、それとも家族を見つけ出してほしいというものか、はたまた猫人族の復興を手伝ってほしいというものか……

何にせよ、俺の答えは決まっている。

「ああ、分かった。できることはしてやる」

そう言ってミーナの頭を撫でた。

ミーナは軽く鼻をすすると、短く答える。

「ん」

やはり疲れていたのだろう、そのまま眠ってしまった。

お姫様抱っこでカイトの横へと運んで寝かせる。

そして俺は、全員がぐっすり眠っていることを確認してから、暗い森の中へ足を踏み入れると、しばらく歩いたところで立ち止まる。

「……おい、誰かは知らんが出てきたらどうだ？　そんな雑な隠れ方でバレてないとでも思ってんのか？」

俺の言葉に応じて、木の上や影から五人の魔族が出てきた。顔の下半分を布で隠し、マントの下の服装もいわゆる忍装束に近い。

「我らの気配に気付くとは……さすが、グランデウス様が一目置く存在だな、勇者」

そんな魔族の言葉を無視して、俺は連中に問いかける。

「それで俺たちに何か用か？　ストーカーされると恥ずかしくて着替えもできないんだが」

冗談混じりに聞いてみるが、それには何も答えず、表情をピクリとも動かさなかった。

「へえ、無反応か。そういうところもそれなりに鍛えてるみたいだが……まだまだだな。いくら表情を変えなかろうと、敵意や殺気を隠せないのなら二流……いや、三流以下だな」

俺の煽るような言葉に、数人の表情が僅かに動く。そういうところが未熟なんだよ。

「ほう、まるで一流を知っている風な口をきくな？」

「知ってるからな」

その言葉と同時、俺は一瞬で移動して、一番近くにいた二人と肩を組むように並び立つ。

「「っ!?」」

「敵意や殺気以前に、そもそもの気配を気取らせない。そして相手に認識される頃には、その相手は既に死んでいる……それが一流ってやつだ」

そう言いながら、二人の頭を瞬時にもぎ取る。

一拍遅れて、残りの三人が殺気も露わに襲いかかってきた。

それから数分もしないうちに、魔族は残り一人となっていた。

「この……化け物め！」

右腕をもがれて尻もちをついた女魔族が、こちらを睨みつけてそう言った。

「その化け物に喧嘩を売ったんだ、死ぬ覚悟ぐらいはできてるだろ？」

「ぐっ……」

顔をしかめながら、後ずさりをする女魔族。

だが、俺はそいつに向かってニッと笑いかけた。

「ま、安心しろ。お前は殺さねえ」

「なっ⁉　まさかお前……私を辱める気か⁉」

食ってかかるように睨んでくる女魔族。

情けをかけられるのはプライドが許さないってか？

「別に俺はそんなつもりは――」

「無駄だ！　人間なんかに犯され孕まされるくらいなら、私はここで今すぐ舌を噛み切って自害する！」

「……は？」

俺の言葉を遮って、ぶっ飛んだセリフが出てきた。

犯され？　孕まされ？

何を言ってるんだ、こいつは……？

「おい――」

「男なんかみんなそうだ！　女をそういう目でしか見ない……女である私一人を残したということは、つまりそういうことなんだろ、このケダモノがっ！」

「いい加減にしろよ、お前⁉」

まるで俺が強姦魔であるかのように騒ぎ立てる女魔族。

こいつ……まさか人の話を聞かないタイプか？

「お前のような淫獣に滅茶苦茶にされるくらいなら、今ここで……！」

女魔族は口を大きく開き、舌を噛み切るため勢いよく口を閉じようとした。

俺は慌てて指を差し込み、自害を阻止する。

「はがっ⁉」

「いたす⁉」

ガリッという音と共に指に噛み付かれて、思わず変な悲鳴が出てしまった。

とにかく、自殺行為だけは止められたのだが……

「んぐっ、があっ！　なぁぁぁっ⁉」

女魔族は奇声を上げつつ、口に入っている指を抜き出そうと何度も噛み付いてくる。

「いてっ、いてっ……落ち着けって！　殺しもしなければ犯しもしない！　お前にはこれ以上何もしねえよ！」

「……んが？」

ようやく俺の言葉が耳に届いたのか、女魔族はアホ面で俺の顔を見てくる。

「帰ってグランデウスに伝えてこい、『今から遊びに行くぞ』ってな。ただそれだけしてくれれば、お前には何もしない」

「分かったか？」と付け加えると、女魔族は何度か頷く。

もう大丈夫そうなので、口から指を抜いた。

涎（よだれ）がべっとり付いた指を見て「おえ……」と呟きながらズボンで拭く。さっきの川で洗おう……

女魔族は、警戒しながら後退しつつ聞いてくる。

「い、いいんだな？　本当にこのままグランデウス様のところに帰ってお前の情報を伝えていいんだな⁉」

「おー、行ってこい行ってこい。どうせあと一日二日で着くから、正座して待ってろって言っとけ」

そう言いながらシッシッと追い払うジェスチャーをすると、女魔族は魔城があるであろう方向へ走り出した。

それを見送って溜息を吐いていると、背後から声をかけられた。

「お前も物好きだな、アヤト」

そこにいたのはペルディア。どうやら起きてしまったようだ。

「木のベッドはお気に召さなかったか？」

「いいや、下手なベッドより心地好かったよ……お前たちが騒がなければもっとよかったんだが」

肩を竦めて答えるペルディア。

「やけに騒がしいと思って来てみたら、魔王に仕える『影』が死んでるわ、私を助けてくれた恩人がレイプ紛いのことをしているわで、かなり驚いたぞ」

へえ、あいつら『影』って言うのか、なんてことを思っていると、ペルディアが明らかにこちらをおちょくっているような笑みを浮かべているのに気付いた。

「いや、二つ目は誤解だからな？　っていうか、結構前から隠れて見ときながら言ってるだろ、お前……」

「ふふっ、バレていたか。しかしさっきのは、事情を知らない奴が見れば、そう捉えられてもおかしくない光景だったぞ」

ペルディアを見て「マジか」と聞き返すと、「マジだ」と頷かれる。

そして続けて、不思議そうな顔で尋ねられた。

「もしかして、お前的には魔族も守備範囲内か？」

「……それはどういう意味で聞いてる？」

「それはもちろん……まぁ、控えめに言って恋愛的な意味でだ」

控えめじゃなかったらどういう意味になるのか気になるが……

「恋愛、ねぇ……よく分からねぇわ」

森の中から僅かに見える空を見上げ、呟いてしまう。

「なんだ、今までに誰かを好きになったことはないのか？」

「……そう、だな。今までの人生で、そんな感情に目を向ける暇はなかったってのもあるんだけどさ」

そう言って、地面に転がっている魔族の死体を見つめる。

「俺は昔からの修業のおかげで、殺気とか敵意とか、表には出していない感情も、全部見抜けるんだけどな？　それである時、恋愛感情がある感じで近付いてきてた奴が、俺を油断させて殺そうとしていたことに気付いたんだよ。しかもそれが何度もあったんだ。以来、他人を信じることができなくなってな」

そこで目を瞑り、言葉を一旦切る。

「ああ、ただの人間不信ってわけじゃないぞ？　相手の心を見抜けるからこそ、裏切られたらすぐに分かる。それだったら、最初から信じない方が楽ってだけだ……逆に言えば、どうしてどいつもこいつも他人のことを信じて好きになれるのか分からないね」

「……そうか」

俺の言葉を受けて、ペルディアは俯いた。

同情……も少しあるだろうが、どちらかというと、他人に裏切られるという経験に心当たりがある、といったところか。

なんせ魔王……「魔」族の「王」様だ。国の仕組みは人間大陸とは違うだろうが、王である以上は、謀反（むほん）を起こされたり暗殺者に狙われたりすることもあるだろう。というか今回のグランデウスの件なんかまさに謀反って感じだしな。

「とにかく、そんなこんなで恋愛感情を持つことがなくなったってわけだな！」

あまり重い空気が続くのも嫌なので、明るくそう言って会話を締めくくる。

そんな俺に対して、ペルディアが不思議そうに聞いてくる。

「なあアヤト……お前は自分が、他人を好きになることができると思うか？」

どんな意図があるのかは分からないが――

「まぁそうだな、いつかそうなれればいいとは思ってるさ」

なんて、白々（しらじら）しく返しておいた。

それから俺たちは野営地に戻って、まだ体力が回復しきっていないであろうペルディアを寝かし付け、俺は火の番を続けていた。

そうして夜がすっかり明けた頃、昨日作った飯を温め直す。

そんなことをしながら、俺はペルディアの言葉を思い出していた。

「他人を好きになることができると思うか、か……」

恋愛……人を好きになるということ。

元の世界にいた時、小鳥遊が請け負う仕事の中で、いろんな人間の恋愛模様を見てきた。

文句を言い合いながらも、仲良くやっている者たち。

幸せそうに寄り添う者たち。

純粋な想いを胸に秘め、チャンスを窺う者たち。

中には汚れたやり方で純情とは言えない愛を向けている奴らもいたが、それだって恋心の一つだろう。

男が女を、女が男を想う心。

俺の中に、今まで一度も芽生えたことのない感情である。

「……死ぬまでに一度でも、誰かを好きになれることがあるのかねぇ？」

一人火を見つめながら、自らに問いかけるように呟く。

丁度その時、ミーナが起き出してきた。

「ああ、起きたか。おはよ――」

う、と言い終わる前に、ミーナは無言で俺の横に座り、倒れるように膝に頭を乗せてきた。

「……って、どうした？　まだ眠いなら寝てても……」

「アヤト、だいじょうぶ……アヤトがどう思うかは分からないけど、ずっとアヤトのことが好きな人はきっと現れる。私が保証する」

――うわー、最後の呟き聞かれてたのか……

気恥ずかしくなって頬を掻いているうちに、ミーナは再び寝息を立て始めた。

それだけを言うためにここまで移動してきたのかよ？

というツッコミは心の中だけにしておき、スースーと寝息を立てて眠るミーナの頭に手を置いて優しく撫でる。

「ありがとな、ミーナ……」

今度こそ誰も聞いていないことを確認し、小さく呟いた。

それから二十分くらい経ったところで、カイト、シャード、ペルディアが次々に起きてくる。

ミーナも再び起こして皆で朝食を食べた後、俺たちは再び魔城に向けて出発したのだった。

第6話　魔族の街

森の中の野営地を出てからしばらく、俺たちはとある街の近くまで辿り着いていた。

人間や亜人がメンバーにいるため、街に寄れば騒ぎになるのではとペルディアに伝えたのだが……

「最短距離で魔城に向かおうとすると、この街、グラードを通ることになるんだよ。装備も揃(そろ)えたいし、情報収集も必要だしな」

と言われて寄ることになったのだった。

そんなわけで、少し遠くから街の様子を確認する。

活気に溢れている……と言えば聞こえはいいが――

「おいテメェ！　誰の断(ことわ)り入れてココに店構えてんだ⁉」

「そっちに野郎が逃げたぞ！　追い詰めて殺せぇっ！」

「おかーさん……おかーさん！」

もはや無法地帯、活気が溢れすぎていて地獄(じごく)のような有様(ありさま)だった。

ガラの悪い奴らが町民らしき男を追い回し、動かなくなった親を子が揺すっている。

「なんだこの街、賊が治めてんのか？」

ペルディアは「あー……」と街の現状をまるで予想していなかったかのような反応を示す。

「私が魔王だった時は、もうちょっと雰囲気がよかったんだがな……」

「『もうちょっと』よかったところで、治安の悪さはたいして変わんねえんじゃねえの？　……でもやっぱこれもグランデウスの影響か？」

よくよく見てみれば、暴れ回っている奴らの装備は、俺たちが助けた村を襲っていた連中と同じようだ。

「みたいだな……少し付き合ってもらっていいか？」

ペルディアはピリピリとした空気を発しながらそう言った。この現状にイラついているらしい。

ペルディアの提案に俺は頷く。

「ああ、そうだな。どうせ立ち寄る予定だったんだ、追い払っとくか」

それから全員でその街に足を踏み入れると、部外者が入ってきたことに気付いたのか、今までの喧騒が嘘だったかのように静まり返った。

一瞬の沈黙ののち、一人の魔族がポツリと呟く。

「に、人間と亜人……⁉」

そしてそれがきっかけとなり、ざわめきが広がっていった。

「おい、アレ……ペルディアさ……ペルディアじゃねえか？」

武装した魔族が「様」付けでペルディアを呼びそうになってから言い直す。

あっという間に集まってきた武装魔族が、敵意を剥き出しにしてこちらを睨んでいた。

そんな光景に、シャードがフッと笑う。

「大層歓迎されてるな、我らは」

「はっ、当たり前だろ？　人間と亜人と元魔王。この組み合わせで何も言われなかったら、寂しくて泣いちまうよ」

俺もシャードと同じように笑い、軽口を叩く。

「人間……お前、まさか勇者か⁉」

「いや、違うけど？」

こちらが人間だと確認するや否や、勇者であると勘違いして、覚悟したような表情で身構える魔族たち。

しかし俺があっさりと否定すると、不思議そうに固まってしまった。

そのシュールな空気が面白かったのか、シャードがプッと噴き出して肩を震わせている。

「え……違う？　だって人間が魔族大陸にいるって……」

「いやいや、人違いだって。たまたまこの大陸に漂流してた俺たちを、この魔族さんが助けてくれたんだよ。な？」

突然話を振られたペルディアは、一瞬戸惑った様子を見せたが、すぐに話を合わせてくれた。

「ああ、そうだ。ついでに言うと、私の名前はルディだ。似てるとよく言われるが、前の魔王だったペルディアとは何の関係もない」

平然と言い放つペルディア。

飄々とした態度の俺たちに、武装魔族はすっかり混乱した様子だった。

「そ、そうなのか？　だがどちらにしろ人間を匿うなど……」

「仕方ないだろう、この者が無害だと知って放っておくような性格をしていないんだ、私は。それに――」

ペルディアは急に俺に腕を絡ませると、笑みを浮かべた。

「男女が一緒にいたいと思うのは、ごく自然なことだろう？」

そしてそのまま、俺の肩に頭を乗せてきた。

「にゃっ!?」

ミーナが驚いた声を上げ、その一方でシャードはと言えば、堪えきれなくなった笑い声を漏らしていた。

かく言う俺も、驚きのあまり声が出そうになっていた。

なんでそんな恋人みたいなこと……えっ、もしかしてそういう流れにしないといけない？

ペルディアに視線を向けると、含みのある笑みを浮かべていた。

……はあ、しょうがねぇか。

「そうだぞ、まったく無粋な——」

「って、テメェらの事情なんか知るかぁっ！」

俺がその演技に乗った瞬間、魔族の一人が剣を抜きながらツッコミの声を上げた。

それを合図に他の魔族も武器を構えて、俺たちに向けてくる。

「人違いだとかどうでもいいんだよ！　つうか、そもそも人間と亜人がこの大陸にいること自体が問題だろうが！」

「ですよねー」

なおもツッコミの声を上げる魔族に、カイトが緊張感のない返事をする。

すると一人の魔族が、その態度にイラついたかのようにカイトに近付く。

「おいガキ！　ふざけてんのか!?」

「いや、ふざけてるとかじゃなくてですね？　ここでやり過ごせるなんて虫のいい話はやっぱないんだなーって……ハハハ」

一応謙虚に言ったつもりなのだろう。しかし最後の作り笑いが相手をさらにイラつかせた。

「このクソガキ……調子に乗りやがって！」

剣を振りかざす魔族。

「ちょっ……師匠！」

「自分で煽ったんだから、自分で何とかしなさい」

「師匠ぉぉぉっ⁉」

弟子の助けを求める声を無視し、傍観することに決めた。

「うおっ⁉」

「チッ！　受け止めやがったか……」

カイトは腰に携えていた剣を何とか抜き放ち、魔族の剣を止めた。

「カイトー、足腰も意識しないと体勢が崩れるぞー？」

言われて気付いたカイトは、足腰に意識を集中させて魔族との鍔迫り合いを始める。

他の魔族はといえば、そちらに加勢することもなく、武器を構えたまま動かない。

「ぐっ、こいつ……⁉」

「ぐう……う？」

だんだん盛り返してきたカイトだったが、急に顔をしかめた。

あいつ……迷ってやがるな。

魔物を殺したことはあるが、それをためらうことがなかったのは、敵の見た目が比較的動物に近いからというのが大きいだろう。

一方で、今相手にしているのは魔族。

肌の色こそ違えど、自分と同じ人間の姿で、同じ動きをし、同じ言葉を使う。

カイトは対人戦闘の経験はあるが、それはあくまでも訓練。

しかし今のこれは試合ではなく殺し合いなのだと、ようやく理解したのだろう。

しかしここで臆(おく)しているようでは、殺されるのがオチだ。

ならばどうするか？

答えは簡単、手加減などせずに殺すしかない。

力は相手に劣(おと)るだろうが、俺が教えた技術を活(い)かせればなんとかなるはず。

あとは覚悟を決めるだけだが……

「オラァッ！」

「いっ⁉」

そこでカイトは魔族に腹を蹴られて転んでしまう。

あーあ、剣に気を取られすぎたな。

剣士だからといって剣ばかりに気を取られるな——修業期間はそう長くなかったが、

それでも何回も繰り返し伝えていたことだ。

こういう実戦は初めてだから、頭から抜け落ちていても仕方ないとも言えるが……ま、死ななきゃ次がある。

魔族の方はまだ殺す気はないようだからもう少し傍観だな、やばそうだったらさすがに助けるけど。

「どうしたどうした！　さっきまでの余裕は終わりですか、生意気(なまいき)なク！　ソ！　ガ！キ！」

カイトは地面に転んでいる状態で、何度も魔族に蹴り付けられる。

そんな光景を見て、ペルディアが慌てて声をかけてくる。

「お、おい！　あの子を助けなくていいのか!?　このままでは……」

それに対して俺は首を横に振る。

「死にそうなら助けるが、それまでは一人でやらせる。これも修業のうちってな……ミーナも、ただ見てるだけじゃ済まないぞ？」

俺の言葉に、ミーナは「に？」と頭にハテナマークを浮かべて首を傾げる。

その直後、後ろから近付いて捕(つか)まえようとしてきた魔族に気付き、跳び上がって逃げる。

「……にゃっ！」

「あっ、クソ！　逃がした！」

「あ〜あ、残念……ソレ、お前好みの女なのにな？」

近付いてきた男とその仲間であろうチャラい魔族の男数人が、そう言ってゲラゲラと笑い合った。

「ミーナ、お前はそいつら殺せるな？」

「……ん、問題ない」

短く答えて双剣を構えるミーナ。その表情には不快と殺気が浮かんでいた。

「へっへっへ、お前は絶対逃がさねえわ……捕まえてそんで――」

ニヤニヤした魔族の男が言い終える前に、ミーナは素早く動いてその頭部を斬り飛ばしていた。

「ふえっ？」

頭部のみとなった魔族は素っ頓狂な声を一言だけ上げ、呆気なく絶命した。

「っ！　このっ⁉」

さっきまでヘラヘラと笑っていたチャラい奴らも、真剣な顔で武器を構える。

「おま……よくもやりやがったな⁉」

激昂するチャラい魔族たちを、ミーナは釣り上げた目で見据え、双剣を逆手持ちにして突進する。

一人斬り、二人斬り、左手の剣を順手に持ち変えて三人目を斬り伏せる。

魔術を放とうとしていたらしき奥の魔術師には、右手に持っていた剣を投げ付けて喉元(のどもと)に刺すことで、息の根を止めていた。

と、そこで俺はあることに気付く。

……ん？　魔術を放とうとしていた？

ミーナも同じことを思ったらしく、俺の方を見る。

「アヤト……？」

「ああ、今気付いたが押さえ付けられる感じが消えてるな……今なら魔術が使えるぞ！」

俺はそう言って早速、ペルディアの傷を回復魔術で治す。

「これは……回復魔術か！」

驚くペルディア。

ミーナに目を向ければ、既に自分のスピードを上げる魔術を使って走り出していた。

その勢いで連続で五人を倒し、魔術師に刺さっていた剣を抜いて取り返した。

「あ、あの亜人……滅茶苦茶強ぇぞ！」

「もう捕らえるとか考えるな！　これ以上被害が出る前に殺せっ！」

もはや無双状態のミーナに向け、いつの間にか増えていた武装魔族が襲いかかっていった。

「さすがにこの数は加勢した方がいいよな？」

状況を見ていたペルディアはそう言うと、ミーナに向けて突撃する魔族たちの前に一瞬で移動して立ちはだかり、手の平を前にかざす。

「魔術が使えるのなら私の領分だ……これを見て『元魔王』などとバカにできるか？」

そしてニッと笑って、挑発的なセリフと共に魔術を放った。

地面に氷が広がっていき、魔族たちの足を凍り付かせて動きを封じる。

そこへ追撃するように、拳くらいの大きさの黒い玉がいくつも出現して、魔族たちに襲いかかった。

「た、助けっ……ぎゃっ⁉」

黒い玉に当たった魔族は、その部分だけが綺麗に抉り取られていく。

玉はペルディアのコントロール下にあるのだろう、不規則に動きながら、魔族を次々と仕留めていった。

そんなミーナとペルディアを見て奮起したのか、カイトが立ち上がる。

「う……うおぉぉおっ！」

目の前にいる敵は倒すしかないと吹っ切れたカイトは、渾身の一閃を繰り出した。

「が……ぁ……」

倒れる魔族。

まさかあんなに一方的になぶっていた相手にやられると思っていなかったのか、残った魔族は戸惑い、唯一戦っていないシャードに視線を向ける。

「だったら……その女だけでもっ！」

白衣を着ていかにも非戦闘員の格好をしているシャードが狙われた。

ギュロスの時と同様に守ってやろうかと思ったが、何か策があるのか、シャードは胸の谷間に腕を突っ込んでまさぐり始める。

その中から、液体の入った小瓶をいくつか取り出した。

「熱烈なアプローチをしてくれているところ悪いが、あまり必死すぎると女子に引かれてしまうぞ」

そう言いながら、二本の小瓶を魔族に投げ付ける。

小瓶は空中でぶつかり合ってパリンと割れ、中の液体が触れ合うと同時に煙状になって周囲に広がっていった。

「ぐあぁぁあっ⁉」

「なんだ……なんだこれぇっ⁉」

「と、溶ける……体が溶けていくぅぅぅ⁉」

煙を浴びた魔族は防具ごとドロドロと溶けていき、最終的には地面に液体が残るだけとなってしまった。

え、エグい……

さすがのエグさに俺も引いてしまう。

昔見た映画で、酸を浴びた人間が溶かされるみたいなやつがあった気がするが、まさにそれである。

「ひ、ひぃぃぃぃぃぃっ!?」

「俺は嫌だぞ、あんな死に方!?」

「俺もだ！　こんなのもう戦いじゃねえ！」

残った魔族たちは、散り散りになって逃げ出した。

勝った……というにはちょっと後味が悪いな……

武装魔族がいなくなったことを確認した俺は、いくつかの死体と死体にもなれなかった液体が残る地面を見渡しながら、シャードに問いかける。

「シャード、お前いったい何の研究をしてるんだ？　あんなものを作るなんて……」

見ていて気分が悪くなったのか、ミーナはあまりいい表情をしておらず、カイトは建物に寄りかかって吐いてしまっていた。人型の敵を初めて手にかけた、というのもあるのだろう。

「ハッハッハ、何を言ってるんだアヤト君。『あんなもの』だなんて。研究者とは、気になったこと、興味を持ったこと全てを追究しようとする者だろう？　そうでないなら三流だ。研究者と名乗る価値もないと私は思っている」

独自の価値観を楽しそうに語るシャードは、笑みを浮かべて言葉を続ける。

「ちなみに今の小瓶には、空気に触れれば気化して広がり、感染対象を溶解させるウィルスが入っていたのだよ」

「そんなもの懐に入れてあんのかよ……って、それをギュロスの時に使えばよかったんじゃねえか？」

シャードは「いや」と首を横に振り、たまたま足元にあった草を一本抜いて見せる。

「あの薬物は、この大陸にある希少な薬草でしか作れない。私たち全員が強制的に転移させられた後に、偶然見付けて護身用に作っておいたものなんだ。だから一本しかないし、魔王に効くかも分からなかったから、出し惜しみせずにここで使ったんだが……」

そう言って、地面に液体が残っている辺りを見る。

そういえばあの煙、未だに消えずに、じわじわと広がっているな。

「……少々効果があり過ぎたようだ」

「おい」

シャードは「すまん」と言って舌を出す。お前までそういうあざといことすんのかい。

このまま放置して煙が広がり続けたら、街の住人まで巻き込まれそうだな……。

「ペルディア、風の魔法とか使えるか？　あの煙を巻き上げてほしいんだが……」

俺が溜息を吐いてペルディアに聞くと、すぐに頷いてくれる。

「ああ、問題ない。しかしその後はどうするつもりだ？　いつあの煙が消えるか分からないのに、ずっと巻き上げ続けるのはさすがに……」

「そっちの方も問題ないと思う。ただの思い付きだが、やってみる価値はある」

俺の言葉にペルディアは頷き、早速魔法を発動して広がっていた煙をまとめて空へと巻き上げてくれる。

そうしてある程度一箇所にまとめられたところで、俺は空間魔術を発動した。

煙の周囲を箱型に包み、その箱のサイズをだんだん小さくしていく。

数センチ、数ミリと小さくなっていった箱は、最後にパシュッと音を立てて消えた。

空間魔術が解除（かいじょ）されたり煙が残ったりしていないか、しばらく観察していたが……どうやら成功したようだ。

「アヤト、今のは……？」

「俺の必殺技」

俺はホッとしながら、不思議そうにするペルディアに適当に返す。

と、ふと視線を感じてそちらに目をやると、魔族の子供が不安げな表情で俺を見ていた。

足元に母親らしき魔族の女が倒れているのに気付いた俺は、無言で近付いて回復させてやる。

「……え？」

女魔族はゆっくりと目を開けると、俺の顔を見て驚いたように起き上がるが、何か行動を起こす前に子供がダイブして抱きついた。

「お母さん！」

あまりの勢いにそのまま再び倒れ込んでしまう親子。

するとその瞬間、これまで静まり返っていた街中から、歓声が上がった。

武装魔族を退けたことに対する歓声か、あるいは女魔族を助けたことに対する歓声か……いずれにせよ、あまり悪い気はしないな。

俺たちは通りに戻ってきて喜びに抱き合う者たちを見ながら、これ以上問題が起こる前に去った方がよさそうだと考え、動き始めようとする。

「待て、貴様ら」

しかしそこで、呼び止める声がかけられた。

その声は敵意に満ちている。

そして再び静まり返ったその場に、異様なシルエットの人影を連れた、魔族の集団が現れたのだった。

第7話　異形(いぎょう)の魔族

声のした方を見ると、俺たちが来た方向とは逆、魔城がある方角から来たらしき魔族たちがいた。

そのうちの一人は、明らかに他の魔族とは違う体の形状をしている。

見上げるほどの巨体に、六本の腕。

上二本は何も持っていないが、下の四本はそれぞれ大剣、槍(やり)、大斧(おおおの)、大盾を握っていた。

「――貴様らが報告にあった勇者だな？」

その異様な姿の男は一歩前に出ると、そう尋ねてきた。

「報告……ってことは、あの忍(しの)びモドキは無事魔城に着いたんだな」

昨晩逃がした女魔族が、戦力を送ってきたのか。にしても思っていたより早かったな……

気になってその魔族の後ろを見てみると、何匹か魔物が待機していた。

……もしかして、フィーナの言ってた魔物を使役(しえき)するスキル持ちがこの中にいるのか？

ズルいなぁ……

「貴様が阿呆な人間でよかったぞ。まさか命を狙ってきた者を逃がすとはな……しかも今、その魔族を助けたな？　敵を助ける愚者など初めて見たわ！」

そう言って笑う六本腕の魔族が、槍を俺に突き付ける。

「お前らはそういうこと考えないのか？　人間はいいとして、同じ魔族を助けようって気は？」

「ハッ、弱者を助ける？　んなことするわけないだろ！」

六本腕の魔族が高らかに笑うと、そいつが連れてきた魔族たちも笑う。

その笑い声に、周囲にいた住民である魔族たちは怯え、中には泣き出す者までいた。

横柄な態度に、フツフツと怒りが湧いてきて、つい感情に身を任せてしまいたくなる。

「男のくせに武器も持たず逃げ回る奴も、母親だからとガキなんかを守るために体を張る女も、その母親に守られるだけで何もせず泣き喚くだけのそのガキも！　何もできない弱いだけの存在だから殺されるんだよ！　弱者は死ぬべきだろうがっ！」

「……ならテメェも死ぬんだよな？」

俺の低い声に、笑っていた魔族たちは沈黙する。

「あぁ？　今何つった？」

「弱者が死ぬんなら、俺より弱いテメェも死ぬべきだ……そうだろ？」

俺は指をポキポキと鳴らしながら、六本腕の魔族たちに近付く。

「……は……ハハハハハハハハハッ！　俺がお前よりも？　弱い？　面白いこと言うじゃねえか、この人間――はっ！」

奇襲のつもりだろう、言葉の途中で殴りかかってくる六本腕の魔族。

――パァンッ！

耳をつんざくような破裂音が鳴り響いたが、それは俺が殴られた音ではない。

魔族の六本ある腕のうちの一本が、俺の拳によって消し飛ばされた音だ。

「な……グアァァァアッ!?」

消えた腕の断面を押さえて悲鳴を上げる、六本腕の魔族。

しかしすぐに様子が変化する。

「――アァァアハハハハハハハ！」

苦悶の声は、歪んだ笑い声に変わったのだ。

そしてその笑い声に何とも言えない気持ち悪さを感じていると、消えたはずの腕が、みるみるうちに再生していった。

「あー……さすがだな、勇者……だがこの力はどうだ！　人間相手には必要ないと思っていたが、まさかさっそく役に立つとは思わなかったぞ！」

六本腕の魔族は、再生した腕の馴染み具合を試すようにグルグルと回すと、ニヤリと笑みを浮かべた。

あまりに異様な光景に、シャードとペルディアは目を見開き、ミーナとカイトに至っては驚きを通り越して顔を青くしていた。

「な、なんだそれは……まるであの男のようじゃないか⁉」

ペルディアが驚愕と憤慨が入り混じったような声を上げる。

あの男……っていうと、グランデウスのことか。

そういえばあいつも不死身だというが……こいつもか？

「そうだ！　俺のこの力もグランデウス様と同様、『あの方』から頂いた力！　勇者を殺すために授かった最強の力だ！」

六本腕の魔族の得意げな言葉に、違和感を覚える。

『グランデウス様と同様』『「あの方」から頂いた力』ということは……グランデウス以外にも黒幕がいるのか？　そいつが力の受け渡しをしていると……

と、俺が考え込んでいると、六本腕の魔族は、今度は武器を持っている腕を含めた六本全ての腕で攻撃してくる。

「ハァッ！」

手数の多さで押しきるつもりなのだろう、縦横無尽に振るわれる武器を、俺はドッチボールでもやるかのようにひょいひょい避けていた。

鋭い攻撃によって、俺の足元の地面はどんどん削られる。

とりあえず避け続けていてもしょうがないなということで、俺は六本腕の魔族を見据える。

そして、グランデウス以外の黒幕とか面倒なことになりそうだな、なんて思いつつ、拳を握って打ち込んだ。

――ただそれだけで、六本腕の魔族は、腕と足だけを残して消滅してしまった。

さらに、その後ろに控えていた魔族たちまで、拳圧によって吹き飛んでしまっている。

「なっ⁉」

俺の前にあった物がほとんど吹っ飛ぶというありえない光景に、ペルディアが驚愕の声を上げる。

俺はそんな声を聞きながら、ボトボトと地面に落下する魔族たちを見て、だいぶスッキリした気分になっていた。

「……ふぅ！」

「いや、『ふぅ！』じゃないですよ。何でこの惨状でやり切った感出してるんですか……」

カイトのツッコミを受けて、さらに落ち着く。

「そりゃあ、ムカついた時に人を殴るのって気持ちいいだろ？」

「発想がチンピラのソレなんですけど⁉　俺は嫌ですよ、チンピラみたいなのを師匠に持つのは！」

ハッハッハー、俺がチンピラかー……

ちょっとイラッとしたので、カイトの後ろに回り込んで頭をグリグリする。

「いたたたたたっ！　ごめんなさい、師匠ごめんなさいっ⁉」

今更謝罪など遅い……ということで、無言でグリグリを続けた。

ごめんなさいごめんなさいと謝るカイトを無視し、そういえば、と砕け散った六本腕の魔族……の残骸を見る。

するとそこでは、残骸が集まってくっつき合い、足りない部分が再生して、元の形に戻ろうとしていた。

「て……め……ゆるさ……」

ロクに喋れない癖に、必死に文句を言おうとする魔族。

俺はもうすぐ再生が終わりそうな頭に近付いて……踏み潰した。

「なぶっ⁉」

「し、師匠……？」

「グランデウスと同じってことは不死身なんだろ？　だったら何度も殺さにゃならんだろ……さて、肉体か精神か、どっちが先に限界を迎えるか……ファンタジー世界ならではの検証といこうじゃないか」

元の世界にいた時も、不死身を名乗る奴はいたけど……まあだいたい根性論だったしな、当然っちゃ当然だけど。

であれば、本当の不死身の殺し方をここで知っておきたい。

グランデウスが不死身ってんなら、参考になるだろうしな。

というわけで、形作られそうになったところで潰す。

形成しようとする、潰す、形成しようとする、潰す、形成しようとする、潰す、形成しようとする、潰す――

何度もそれを繰り返し、再生の回数が三十を超えたあたりで、俺は面倒になってきていた。

ちらりと横を見れば、あまりの光景に気分が悪くなったのか、カイトが壁に手をついて吐いている……って隣で吐いてる幼女、魔族か？　誰だあれ。

なんかゴスロリみたいな服着てるし、他の住人からも明らかに浮いている。

ツギハギだらけの奇抜な人形とか持ってるし、この世界にもああいう奴いたんだな……

なんて思いつつ、再生が中々上手くいかなくなってきている六本腕の魔族の首根っ子を掴み、高く上空へと放り投げた。

「う――おおぉぉぉっ⁉」

そんな叫び声と共に魔族の姿が小さくなっていくのを確認した俺は、通常より多めに魔力を込めた火の魔法を撃つ。

そしておよそ十秒後、無事に命中したのか、上空で大きな爆発が起こり、轟音と熱が襲いかかってきた。

そのあまりの規模に、街の住人の魔族たちやカイトたちが驚きの声を上げる。

特にペルディアはあんぐりと口を開けて放心状態になり、シャードは子供のように目を輝かせていた。

「これは……!?」

「ハハッ、凄いぞアヤト君！　今のは魔術ではなくて魔法だろう！　ただの火球に大量の魔力を注ぎ込んでアレだけの威力を出したというわけだな!?」

今まで以上にハイテンションなシャードに、戸惑いつつも頷く。

「ああ、そうだが……そんなにテンション上がることか？　誰でもやってそうなんだが……」

「ただ試行錯誤するだけなら誰でもやっていたさ。しかしあそこまで見事に魔力を込められたものは見たことがない！　一般的な魔法使いが使う高レベル魔術に匹敵する威力はあるだろうな……フフッ、私をこの大陸に送り込んだ王には恨みしかなかったが、こんないいものを見られたんだ、感謝を述べてやってもいいな」

勢いよくまくし立ててくるシャードは、恋する乙女のような表情を浮かべていた。

するとようやく放心状態から戻ってきたペルディアが俺の肩を掴んできた。

「今のは⁉　今のはどうやってやったんだ！」

すっかり興奮しているペルディアの腕を掴んで外し、落ち着かせようとする。

「おい待て、落ち着け！　どうやっても何も、魔法に魔力を込めて放っただけ――」

「シャードが言っていた通り、アレを『だけ』というのなら、みんながやっている！」

「そうだな、あの威力まで魔力を込められる者はそうそういないだろう」

シャードが食い気味にそう言って同意する。二人が言うってことはそうなんだろう。

魔法というのは魔力を変換して放つもの。その変換の際に、過剰なほどに魔力を込めれば、初歩の魔法でも高威力になるのでは、と思って試してみただけなのだが……

「いやまぁ……俺もここまで派手になるとは思わなかったんだけどな」

たしかにあそこまで高威力になるとは予想外だった。

だが、これくらいならできそうな奴が結構周りにいるので、そんなに驚かれてもあまりピンと来ない。

「……だけどあんだけ派手な爆発があれば、よっぽど遠くにいるとかじゃない限りは、はぐれてるメアたちにも見えただろ。俺たちの大体の位置が伝わっただろうし、丁度よかったな」

そう話題を切り替えると、シャードも同意して頷く。

「ああ、そうだな。逆に言えば、私たちがここにいることをまだ知らなかった魔族たちにも、位置が筒抜けになったわけだが」

と、丁度その時、上空から六本腕の魔族だったらしき黒炭が落ちてきた。

もはや復活する気配はなく、微動だにしない。

「って言っても、ただの雑魚なら向かってこないだろ。あの六本腕の奴の仲間もいつの間にか逃げ出したみたいだし」

俺が顎でクイと示した先では、六本腕の魔族と一緒に街へ来ていた連中の背中が、遠くに見えていた。

それを確かめたシャードが頷く。

「雑魚はな。もしかしたら魔王が来るかもしれんぞ？」

「むしろ好都合だ。グランデウスも来るってんならボコボコにして、その上でタップダンス踊ってやるよ」

冗談で言ったその言葉に、全員が噴き出す。

「あ、アヤトが敵の上でダンス……プッ！」

特にミーナはツボに入ったらしく、笑いを必死に堪えようとしていた。

言ったのが冗談だっただけに、受けてくれてちょっと嬉しい。

真剣な話をする空気でもなくなり、そろそろ前に進もうかと思った時——

「フッハハハハハハハハ！　ようやくお目にかかれたな、勇者よ！」

聞き慣れない高笑いが響き渡った。

セリフだけを聞けば魔王かと思うのだが、その声は高く幼い。

声が聞こえてくる方に顔を向けると、そこにいたのはさっきカイトの横で吐いていたゴスロリ幼女魔族だった。

黒髪黒目で、左目には黒い眼帯。右耳には黒い模様の入ったドクロのイヤリング、露出度の高いゴスロリ服に、黒いタイツ。さらに俺のものと似た黒いマントを羽織っていた。

黒、黒、黒……ノワールにも負けない黒だらけの服装だな。

黒じゃないものと言えば、片腕片足と首に巻いている白い包帯。それから持っている奇抜な人形くらいなものだった。

包帯などはあまり変えていないのか、中途半端に解けて先の方がボロくなっている。

人形はツギハギだらけで、他のものと組み合わせたかのように色がバラバラなものだった。

「アヤト、アレ知り合い？」

「知ってる奴か、アヤト？」

「師匠、なんですかアレ？」

「そろそろ腹が減ったな」

ミーナ、ペルディア、カイト、シャードが順番に言う。っていうかシャード、関係ねえこと言ってサラッと混ざるなよ……

「なんで全員俺に聞くんだよ！　俺だって知らねえよ……だいたい、カイトの方こそ知らねえのか？　さっき仲良く一緒にゲロってた奴だろ」

「……えっ、そうなんですか？」

視線をゴスロリ幼女に戻すと、口を噤んで微妙な顔をしていた。

さっき吐いてたところを見られて恥ずかしかったとか？

ゴスロリ幼女が何か話し出すのをしばらく待つが、それでも固まったままなので俺が先に口を開く。

「それで何か用か、ゴスロリゲロっ子幼女？」

「なんて酷いあだ名付けてんですか⁉　とりあえず真ん中の『ゲロっ子』はやめろください！」

俺にツッコミを入れたことで元の調子を取り戻したのか、ゴスロリ幼女は咳払いをして仕切り直そうとする。

「お前たちと出会ったのは運命だったのだ！　魔王と勇者……過去幾度の転生を繰り返し、此度もまた我らは邂逅を果たした！　今こそ再び手を取り合い、世界を混沌の渦に叩き込もうではないか！」

さっきまでは普通だったのに、急に意味不明なセリフをのたまうゴスロリ幼女。

俺たち全員、彼女の発した言葉の意味が分からずに沈黙してしまった。

不必要にかっこつけた、無駄に難しい言葉ばかりを使おうとする感じ……たしか結城が使ってた表現だと……中二病ってやつ？

こういう連中は、自分だけの設定みたいなやつが頭の中にあるので話が通じないことがある……みたいなことを結城が言っていた気がする。

だが、たしかにけっこうぶっ飛んだことを言っている割には、さっきは普通に敬語っぽい感じで喋っていた。全く意思疎通できないというわけでもなさそうだ。

「……まぁ、とりあえず」

俺は考えを整理すると、ゴスロリ幼女に向かって手をかざして火の玉を作る。

そんな俺の唐突な行動に、ゴスロリ幼女は戸惑って一歩後退した。

「え、ちょ……何する気ですか？」

「ん？　いや、なんか俺のこと勇者だとか言ってたし、とりあえず戦いたいのかと思って？」

手の平に出した火の玉が、ギュルギュルと音を立てて勢いよく回転する。

さっきの六本腕の魔族を倒した時と同じように、しっかりと魔力を込めておく。

ついでに水、風、雷、土の玉もそれぞれ作り出して、同じく魔力を込めた。

　どうも光と闇とでは勝手が違うらしいので発動することはできないのだが、あんだけ威力のあった攻撃が五属性もあるんだ、十分だよな。

「ま、待ってください！　あなたと戦う気なんてありませんよ！　……っていうか、そんなものをこの街中でぶっぱなす気ですか⁉　こんないたいけな女の子に！」

「おい、あいつ自分で『いたいけ』って言い出したぞ」

　さすがのペルディアも、突っ込まざるを得なかったらしい。

　どうもこのゴスロリ幼女は戦う気がないようなので、各属性の玉を消してからペルディアに応じた。

「いたいけっていうか、痛い子だがな」

「誰が痛い子ですか⁉　……あぅ」

　そんな俺の言葉に怒鳴ったゴスロリ幼女は、そのままパタリと地面に倒れ伏した。

　グウゥゥウゥ……。

　この音は……腹の音か？

　音源であるゴスロリ幼女を見る。

「フッフッフッ……この感覚、私の真の力が解放されるのも時間の問題のようですね……！」

「本当のところは？」

「お腹が、減りました……すいません、何か食べ物を持っていませんか？」

助けを求めるように手を伸ばすゴスロリ幼女。その年で物乞いって……いや、うちの学園長みたいに見た目は幼くてもそれなりに歳を取ってる可能性だってあるけどさ。

だとしても、幼女の外見でそんなふうに助けを求められるとな……

あの中二病全開な感じでかっこつけていた雰囲気はどこへやら、すっかりただの哀れな幼女になっていた。

「お願いです、もうかなり長い間まともなものを何も口にしていなくて死にそうなんですよ……私めに食事を！　お零れを！　お情けをぉ～……！」

ゴスロリ幼女はプルプルと震える手で、俺の足にしがみ付いてくる。

「お前みたいな幼女に物乞いされると、さすがに可哀想になってくるんだが」

「幼女じゃありません、これでもそこらの魔族よりも高齢なんですよ？」

普通の魔族より……高齢？　つまり……

「つまりそれってロリババアってことか……」

「おい、誰がロリババアだ!?」

俺がそう零すなり、ゴスロリ幼女はさっきまでの力ない様子が嘘のように、素早い動きで俺の足を這い上ってくる。

うおっ、気持ち悪っ！　ゴキブリかよこいつ!?

あまりの気持ち悪さに、俺はゴスロリ幼女がしがみ付いている足を振り回して落とそうとする。

「ご飯くれるまで放しません……放しませんよ、絶対に！」

しかしゴスロリ幼女が意外と粘る(ねば)ので、足を振り回すスピードを上げる。

「フハハハハハハ！　甘い甘い、まだまだ私はいけます、やれます！　この程度で食事のチャンスを逃してなるも……の……うっぷ」

しがみ続けていたゴスロリ幼女の顔が青くなり、頬が急激に膨れ上がる。

あ……ヤヴァイ。

第8話　ゴスロリ

「もぐもぐもぐもぐもぐむしゃむしゃむしゃむしゃむしゃウマウマ……」

根負け(こんま)した俺は、ゴスロリ幼女に食料を提供していた。

結界が消えて空間魔術が使えるようになっているので、量はふんだんにある。

そしてゴスロリ幼女は食料を見るなり、凄まじい勢いで頬張り始めたのだった。

……手を動かす勢いは凄いのだが、かなりチマチマと食べているので消費量はたいしたことはない。そこは見た目通り少食らしい。

「しかし、なんでこんなになるまで飯を食わなかったのかねぇ？」

「しょうがないじゃないですか、なぜか昨日から魔法も魔術も使えなくなってしまって、食べ物が確保できなかったのですから。どうやらさっき使えるようになったみたいですが、もうそんな体力なんて残されていませんでしたし……」

色々と言い訳しながらも、渡された肉を一生懸命頬張るゴスロリ幼女。

魔法や魔術が使えないから食料が確保できない？　なんだ、それ……っていうか、腹が減ってるのは分かるが、そんなに慌てて食うと……

「ゲホッゲホッ……！」

って、やっぱり喉に詰まってしまった。

「ほら、水。あんま急いで食うなよ。そんなに詰め込んで食ってると、喉に詰まらせて死ぬぞ」

「……物騒なこと言わないでくださいよ」

ゴスロリ幼女はツッコミを入れつつも食事を続け、全て食べ終わったところで満足そうに笑みを浮かべた。

「はぁ～、やはり満腹になると幸せに感じますね～」

「満足したようだな。じゃあ、俺たちはそろそろ行くけど、あんま人に迷惑かけんなよ？」

「あっ、待ってください」

そう言って去ろうとしたところで、ゴスロリ幼女に呼び止められる。

「私も一緒に行っていいですか？」

「……あぁん？」

脈絡（みゃくらく）のないゴスロリ幼女の提案に、俺は眉をひそめた。

「言ったそばからお前は人に迷惑をかけようとするのか？」

「め、迷惑だなんてとんでもないですよ！　実は私は、強力な魔術やスキルが使える強キャラなんです。もし魔王を倒すというのなら、戦力になりますよ？」

慌てて弁明しようとするあたり、むしろ何か目的があって付いてこようとしているのが丸分かりなのだが……。

「知ってるかゴスロリ幼女よ。自分で自分のことを強キャラとか言う奴は総（そう）じて弱い。ってことで、お前論外（ろんがい）な」

「待ってください！　ホントなんですって！　それなりに役に立つ自信はありますから！それにアレもできます、えっと……そう、マスコットキャラクターとか！」

何が何でも付いていこうと必死である。

さすがにここまで言われると、理由を聞かざるを得ない。

「何が目的かを素直にハッキリ言え。答えを出すのはそれからだ」

ゴスロリ幼女は変な笑みを浮かべたまま固まってしまう。

「えっと……目的？」

「言っとくが、俺には嘘も騙しも通用しないぞ。それでもこの期に及んで誤魔化そうってんなら、今ここでお前を気絶させて置いていく」

「そ、そんなぁ～……」

膝と手を地面に突いて落ち込むゴスロリ幼女。

少し強引だが、無条件で連れていくわけにもいかない。

なんせこいつが実は魔王の手下だって可能性もあるしな。

そんなことを考えながらじっと睨んでいると、ゴスロリ幼女は溜息を吐き、覚悟を決めたように顔を上げた。

「……分かりました、白状します。私があなた方に同行したい理由は……養ってほしいからです」

「「「……はい？」」」

ゴスロリ幼女の発言に、俺たちは思わず声を上げた。

「……誰を？」

「そんなの、私しかいないじゃないですか」

何を当たり前のことを、とでも言いたげなゴスロリ幼女。

「そろそろ一人で生きるのも面倒になってきたところだったんですよ。そしたらそこに丁度よく餌付けしてくれる方が現れたので……」

「くくっ、餌付けか」

「……いや、なんでそうなるんだよ。野良犬か何かか、お前は？」

何が面白かったのか噴き出すシャードにジト目を向けながら、ゴスロリ幼女に問いかける。

というか自分で餌付けされているという自覚があるのかよ。

「ふっ、一度餌を与えた時点で、責任は取らなければいけませんよね？」

自分が野良の動物だと認めてることに気付いてるのか？　コイツ……。

「そうか……」

俺は小さく呟き、ゴスロリ幼女の頭をアイアンクローして持ち上げた。

「飯を食わせずに吊るし上げておけばよかったか……？」

「ハッハッハ、もう遅いです！　私は一度懐いたら、地獄の果て、輪廻の向こうまで追いかけますよ！」

しかしアイアンクローが効いた様子はなく、むしろ腕に絡み付いて何が何でも付いていこうとしているのが伝わってきた。

野良犬よりタチが悪いと思う。なんだ、こいつ……。

「その代わり、私にできることならある程度はしてあげます」

「そこで『なんでも』って言わずに保険をかけるあたり、しっかりしてるっていうか小賢しいっていうか……」

安易にそういう言葉を使わないのはいいことだが、それはそれでこいつの『ある程度』がどこまでの範囲なのかが気になる。

「あっ、心配には及びませんよ？　性欲処理くらいならちゃんとしてあげますから」

「せ……お前のある程度ってどこまでが範囲なんだよ⁉」

幼女の口から唐突に飛び出た爆弾発言に、俺とシャード以外が顔を赤らめる。特にカイトは顔が真っ赤だ。ペルディアも微妙に赤くなってるし。

しかしそんな俺たちの様子を見ても、ゴスロリ幼女の態度は変わらない。

「いえ、これから長い間お世話になる方にはそれくらいは、と……ああ、ですが見ての通り、肉体労働は無理なので、そこは最初に了承してもらえると助かります」

「目の前のゴスロリ幼女が何を言ってるか分からない……」

俺が頭を抱えてそう言うと、ゴスロリ幼女はムッとする。

「幼女じゃありません！　こんな私にだってちゃんとした名前があるのですから！」

胸を張って言うゴスロリ幼女。「こんな私にだって」とか言っちゃうあたり、自分がどう思われてるか自覚はあるんだな……

「じゃあ、名前は？」

　俺が問いかけると、フッと目を逸らす。

「……すいません、そこはノーコメントでいいですか？」

　名前があるとか言っといてノーコメントって何？

「お前ふざけるなよ？」

　ゴスロリ幼女が装着している眼帯を素早く掴んで引き伸ばし、手を放す。

　高速で戻った眼帯はパチンッと気持ちのいい音を立てた。

「いったぁぁぁっ⁉　何してくれてんですか、あなた⁉」

「いやだって、なんかふざけたこと言い出したから……」

　手をワキワキさせて、言わないならアイアンクローだぞと暗に伝える。

「ちょっ……あーもう、分かりましたよ！　名乗りますから、ちょっと心の準備をさせてください……」

　名乗るのに心の準備とはどういうことだろうと思いつつ大人しく待っていると、ゴスロリ幼女は深呼吸をして俺を真っ直ぐ見据える。

「我は深淵より生まれし冥界の覇者、死を謳い届ける死神！　対峙した者は我に目を奪われ、我に平伏し、我に命乞いをする！　そう、我が名はカタルラントであるっ！」

　中二病っぽくかっこつけて、高らかに声を上げる幼女、カタルラント。

わけの分からない言葉を並べて誤魔化されそうになったが、それでもやはり気になることがあった。

「「「「カタルラント……」」」」

全員が声を揃えて呟くと、カタルラントは地面に崩れ落ちて手と膝を突く。

「だから……言いたくなかったんです……！」

「……まぁ、いい名前じゃないか……どっかの街の名前みたいで」

「女の子の名前を街っぽくしてるって時点でアウトでしょうがっ!?」

四(よ)つん這(ば)いの状態で地面を叩きながら叫ぶカタルラント。

あまり女の子っぽくないというか、ちょっと厳(いか)つすぎるのは確かだ。

ぶっちゃけ、こっちの世界の名付けのセンスはよく分からないのだが……

「……うん、ないな！」

「さらに追い打ちかけないでくださいっ!?」

もはや涙目になるカタルラント。

だけど地味に長くて呼びにくいし、実際にカタルラントってずっと呼ぶのもな……

ずっと？

自分でも無意識に、この幼女を仲間にしてしまおうと思っていたことに気付いてしまった。

俺って捨て猫とか見捨てられない性格だったっけか？

そう苦笑しながらも、打ちひしがれているカタルラントの方を見る。

「だったらあだ名とか別の名前でも名乗ればいいんじゃねえの？」

「別の名前ですか……正直、何度か考えたことはあるんですが、いい名前が浮かばないんですよ」

そう言って唸るカタルラント。

中二病的な難しい言葉はポンポン出てくるのに、そっちは思い付かないのかよ。

「だったら『ランカ』なんてどうだ？　元の名前を少し組み替えただけだが、女の子らしいだろ？」

「『ランカ』……いい名前じゃないですか！」

カタルラントは立ち上がると、得意げな表情をしてバサッとマントを広げる。

「フッハハハハハハハ！　盟約の契りの証として、友から新たな名を授かった！　我が名はランカであるッ！　……ところであなたたちの名前はなんですか？」

「急にテンション高くなったと思ったら、いきなり素に戻るのやめろ」

軽くツッコミを入れて溜息を吐き、握手を求めて手を差し出す。

「俺はアヤトだ。よろしくな、ランカ」

その手を見たランカは、パッと表情を輝かせる。

「はい、よろしくお願いします、アヤ――」

そしてまず洗礼として、俺の手を握り返してきたランカの手を強く握ってやった。

「トォァアアッ⁉」

僅かながら活気を取り戻し始めていた街の中に、ランカの悲鳴が木霊した。

出発しようとしたところで街の魔族に引き止められた俺たちは、御礼としてありったけの食料を渡されそうになった。

元々例の武装魔族に持っていかれるはずだった食料だから受け取ってほしいと言われたのだが、正直なところ量が多い。加えて街の修復が始まるからには食事はしっかり取らせた方がいいだろうということで、鍋なんかを貸してもらって調理してから街の人に配給することにした。

「あんた……人間なのにいい奴なんだな……」

酷くガリガリに痩せた魔族の男が、力無く微笑みながらそう言ってくれる。

他にも何人か同じようなことを言う奴がいて、中には皿を差し出した俺の手を握って感謝を述べてくる奴すらいた。

「……なぁ、お前が統治していた時はここまで酷くないと言っていたが、本当なのか？　もしかしてどの街もこんな感じだったりしないか？」

「そうだな、どう言えばいいものか……そもそも私たち魔族は、一部の亜人ほどでなくとも気性（きしょう）が荒い者が多くてな。それでいて人間のように祭りごとが好きなわけじゃないから、発散する場所が少ないんだ。だから元気が有り余っているというか……この街ほどではないにせよ、それなりに荒れてる街は多いな」

そう真剣に答えてくれたペルディアは、エプロンを着けて頭には三角布を被っている。

そんな家庭的な格好なのに、彼女が元魔王だと分かっている魔族に拝（おが）まれ囲まれているので、かなり珍妙（ちんみょう）な光景になってしまっていた。

「そうなのか……ペルディアお母さんも祭りは嫌いか？」

「誰がお母さんだ。嫌いというよりも苦手（にがて）だ……特に自分が祭り上げられるようなものはな。身内だけで騒ぐのはいいのだが」

冷静にツッコミつつもそう言って、懐かしむように空を見上げるペルディア。

普通なら絵になるんだろうが、エプロンが全てを台無しにしてシュールになっている。

「奇遇（きぐう）だな、俺も似たようなもんだ」

「そうか……フフフッ、私たちは本当に相性（あいしょう）がいいのかもしれないな？」

そう言うとペルディアは少し頬を赤く染め、肩を軽くぶつけてくる。

するとそれを見ていたミーナが、頬を膨らませて俺とペルディアの間に割って入ってきた。

「独り占めはダメ。アヤトはみんなのもの」

「俺はお前らのおもちゃじゃねぇんだけどな？」

俺がそう言うと、ミーナとペルディアが顔を見合わせてクスクスと笑い出す。

なんだ？

「なるほど、腕だけでなくこっちの方も手強いということか」

「そういうこと。落とすなら正面突破」

もはやミーナたちが何の話をしているかすら分からなくなってしまった俺は、考えるのをやめて配膳に集中するのだった。

するとシャードが、含みのある笑みを浮かべて俺の横に並ぶ。

「現実逃避もいいが、いつかはちゃんと答えねばならんよ？」

こいつが着ているのはエプロンではなく、やはり白衣だ。

「俺はお前らが何を言ってるか、さっぱり分からんよ」

そんな俺の言葉に、カイトが呆れたように溜息を吐いていた。

配給を終えた俺たちは惜しまれながらも街を出発し、再び魔城へと歩を進める。

「常識外れの強さを誇る男に学園中等部の生徒、可愛い子猫ちゃんに加えて元魔王様、さらには奇抜な格好をした幼女……そして一流の研究者か。なんとも奇妙なメンバーが揃ったものだな」

シャードが胸の谷間から取り出した煙草を咥えながら、楽しげに呟いていた。

「お前はどこから取り出してるんだ……」

「谷間は男のロマンと同時に、女の秘密でもあるからな」

頬を少し赤くして注意するペルディアに対し、人差し指を口に当てて笑うシャード。

「奇抜などとは失礼ですね、このセンスが分からないとは……」

偉そうにそう言うのは、俺の横に並んで歩いているランカだ。

そんなくだらない会話をしているうちに、前方に巨大な城らしきものが見えてくる。

恐らくあれが魔城だ。

「……着いたな」

「着いちゃいましたね……」

俺の言葉に、カイトが憂鬱そうに返事をした。緊張しているのか、ずいぶんゲッソリしてる。

「大丈夫か、お前……」

「大丈夫じゃないです、全く。それにはぐれたみんなのことも気になりますし……」

顔を青くしてネガティブモードのカイト。

「たしかに心配になる気持ちも分かるが、今俺たちができるのは、自分たちの位置が伝わるくらいに派手に行動することだけだ。それに……」

俺はそこで言葉を一旦区切る。

「リナはああ見えて、根は強い。土壇場では実力以上の力が出せるタイプだから大丈夫だ」

「……え？　な、なんでリナのことなんですか？」

図星を突かれたように、カイトの肩が小さく跳ねる。

その反応が面白くて、ニッと意地の悪い笑みを浮かべてみせる。

「さぁ、なんでだろうな？」

俺の曖昧な返答に、そっぽを向くカイト。

ミーナとペルディアは少し離れてて気付いていないが、シャードは何気に聞き耳を立てて「なるほどなるほど」と何度も頷いていた。ランカは何のことかと首を傾げている。

と、そこで俺は少し遠くに見える断崖絶壁の上にあるものを見つけて思わず声を上げた。

「あれは……――」

第9話　再会

「ふぃ～……助かったよ、メアさん、リナちゃん！」

俺とリナにお礼を言って、その場に尻もちをつくラピィ。

セレスは俺の背中でぐったりしている。

俺、リナ、ユウキ、イリアの四人は方針を決めた後、魔城に向かうために情報を集めながら進んだ。そして一晩経ってさらに進んでいたところ、戦闘中のラピィとセレスに遭遇したのだ。

ラピィたちの相手はユウキたちを襲っていたのと同じ狼の魔物だったのだが、いかんせん魔法も魔術も使えない状況なので、セレスは何もできずにラピィ一人で戦っていた。

そこに俺とユウキが介入、リナが離れたところから弓矢を放ち、救出したというわけだ。

「いや、無事でよかったよ」

「うん、本当にありがとう！　それにあなたたちも！　……初めまして、かな？」

俺の言葉に応えたラピィはユウキとイリアの方を向いて、少し戸惑ったように首を傾げる。

「ああ、俺はユウキ。こっちはイリアだ」

ユウキに紹介されたイリアは、ボロボロになったドレスの端を摘んで持ち上げて挨拶をする。

「イリア・カルサナ・ルーメルです。以後、お見知り置きを」

「え、あ、ああこれはどうもご丁寧に……ねぇ、綺麗な服を着てるからなんとなく分かってたけど、この人ってもしかして貴族様？　どうしてこんな魔族大陸に？」

ラピィが俺の横に近付いてきて、こっそりと耳打ちをしてくる。

「貴族どころか、イリアは王族だぞ」

「うえぇぇぇい!?」

俺も同じように小声で返してやると、ラピィが変な声を上げる。

急に大声を上げたラピィに、全員が驚いた様子で注目した。

「え、ちょ……本当になんでこんなところにお姫様がいるの!?」

あ、小声で答えた意味がねぇじゃん。いいけど。

「簡単に経緯を話しますと、私たちは罠に嵌められ、この大陸へ飛ばされたのです」

「それって一大事じゃん！」

オロオロとするラピィ。

俺たちがバラバラになってるのも、一大事のはずなんだがな……俺も一応お姫様だし。

「ええ、ですから一刻も早く脱出したいのですが……」

そう言ってチラリとこちらを見てくるイリア。

「とにかく今は全員で合流することを優先して魔城を目指さないとな」

「……そうですね、生き残るためにもそうしましょう。それで合流でき次第、全員で脱出ですね！」

俺の言葉に力強く頷いたイリアのそんな言葉に、ラピィが腕を組んで唸る。

「うーん……脱出するのはいいんだけどさ？　私たちは今すぐに帰るわけじゃないよ？」

「……え？」

イリアが目を見開いて、驚いた顔をする。

「そんな……ではあなた方は一体何を？」

「何って……」

ラピィが俺に視線を送る。

なんだ、声を合わせて言えってか？　しょうがねえな……

「「魔王退治」」

「バカじゃないですか⁉」

いい感じに声を揃えて決まった！　と思ったらイリアから罵倒(ばとう)されて、俺とラピィは手と膝を突く。

「おま……バカって……」

「だってそうでしょう⁉　こんな少人数で魔族の王に戦いを挑みに行くなんて、愚(おろ)か者以外になんと言うんです！　だいたいメアお姉様、魔城を目指すとは言ってましたけど、魔王を倒すなんて聞いてませんよ！」

あれ？　そうだっけ？

「わり、言ってなかったか？　けどまあ俺らの仲間にスゲー強い奴がいるから魔王を倒すくらいは問題ないと思うぞ？」

「そんな簡単に魔王を倒すだなんて言われても信じられませんよ！」

「でもとりあえず魔城に向かわないことには人数も増えないし危険なままだぞ？」

俺の言葉に、イリアはすっかり沈黙して、考え込むような仕草を見せる。

と、その間にユウキが話しかけてきた。

「なぁ、魔王ってやっぱ世界征服とかしようとしてんの？」

ユウキの唐突な発言に、俺とリナが眉をひそめた。

「なんだよ、世界征服って……？　まぁそこまでは言ってなかったけど、このままだと人間の大陸に攻め込んでくるかもしれないって話になってるな」

「そのまま、亜人の人たち、の大陸にも、侵攻しちゃったり、して……？」

リナが冗談気味に言う。

でもアヤトに喧嘩を売ってくるような奴なら、その勢いで本当にやりそうで怖いなぁ……

と、どうやらイリアの考え事が終わったみたいだ。

「分かりました、あなた方についていくという結論は変わりません。ユウキ様もいいですね？」

イリアが聞くと、ユウキは頷く。

「ああ、そうだな。これでお別れっていうのも悲しいし、俺も手助けできると思うしな」

「そういえばさっき、ユウキ君が不思議な技を使ってたけど、アレって……？」

ラピィの疑問にユウキは「ああ」と答えて、さっきラピィたちを助けた時に使っていたものを出す。

「これのことだろ？」

ユウキは手を差し出すと、その上に突然剣を出現させて、浮かび上がらせる。

やっぱり何度見ても不可解(ふかかい)な技だ。

「今は魔法が使えなくなってるし、スキルってことでいいんだよね？」

「ええ、そうです。ユウキ様は特別な力をお持ちで実力もありますの。なので、その力で私の護衛をしていました」

答えたのはユウキではなく、イリアだった。

「そういうことだ。ちょっとぐらいなら戦力になるからさ」

「ちょっとどころか、魔法も魔術も使えない今なら凄い戦力になるよ！」

ラピィの言葉に、ユウキは「そうか？」と言って照(て)れる。

でも不思議なんだよね、とラピィが首を傾げる。

「魔族大陸全体で魔法と魔術が妨害(ぼうがい)されてるって話なんだけど、そしたら自分たちもまともに生活ができなくなるじゃん？　そんな軽率な行動を取るとは思えないって話になって……」

「グランデウスが単独で行っているのなら話は別ですがぁ……街一つを魔術で吹き飛ばすような実力者らしいですし、そんな人が自分から不利になるようなことをするんでしょうかぁ？」

俺に背負われていたセレスがもう大丈夫だと言って下りて、会話に加わる。

「グランデウス……それが今の魔王を名乗っている魔族なのですか？」

「ああそうだけど……って、知らなかったのか？」

俺がそう聞くと、イリアはバツが悪そうに笑う。

「魔王が変わったことだけは知らされていたのですが、詳細まではまだ……詳しい報告はそろそろお父様の元に届くはずだったんですが……」

「その前に転移させられたと……お前も災難だったな」

そんなことを話していると、一瞬空が明るくなり、爆発音らしきものが響いてきた。

俺たちは思わず周囲を見回し、その発生源を探す。

「な、なんだ⁉」

「何か爆発したような音だったけど……」

「あ、アレは……⁉」

イリアが空を指差す。

そこにはもはや消えかけているが、広範囲にわたるうっすらとした炎があった。

「何だあの炎……まさか魔術か？」

「だって魔術は使えないはずじゃ？」

「いえ、この感覚……」

俺の言葉にラピィが首を傾げるが、セレスは何かを確かめるように、自分の体を見る。

「あの押さえられていた感覚がもうありません。今ならもう魔術が使えますよ！」

ようやく解放されたと言いたげに、笑みを零しながら言うセレス。試しに、簡単な火の玉を出して見せてくれる。

「ということは、さっきのあの爆発は誰かが戦闘しているということでしょうか？」

イリアの呟きに、俺は即座にアヤトの顔を思い浮かべる。

あいつなら、あんな凄そうな技も余裕で放てそうだ。

「俺たちの仲間が戦ってるか、もしくは魔族同士が戦ってるか……」

「……あっ、そうだよね……もしかしたら、グランデウスが見せしめに一発放ったって線もあり得るもんね……」

顔を曇らせてラピィがそう言うが、イリアが力強く提案する。

「ですが、どちらにしろ向かいますよね？　今の爆発音の発生源となった場所に」

「だな。本当に仲間がいるかもしれないし」

俺は肯定し、他の奴らも頷いた。

「決まりだな。んじゃ……って、今の爆発の場所ってどこだ？」

俺たちが見たのは爆発が広がった後の光景だったから、どこから撃ち上げられたのかが分からない。

どうしたものかと思っていると、セレスが手を上げる。

「あっ、それなら私が分かりますぅ。魔力の流れを見ることができるので、それで痕跡を辿りますぅ……私に付いてきてもらえますかぁ？」

「よっしゃ、さすが！　ナイスだぜ、女神様！」

適当な言葉を並べて褒めると、セレスは頬を赤く染めて照れる。

でもセレスがいてくれて本当に助かったぜ！

それからセレスを中央に俺とラピィが先頭、後衛のリナと戦えないイリアを真ん中に、武器を射出することで前衛後衛の両方をこなせるユウキを殿にして進んでいく。

「そういえば、メアさんの持ってるその武器……」

途中、ユウキが思い出したように声をかけてきたので俺は振り向いて答えた。

「『さん』は要らねえぜ？　この武器は俺の仲間に作ってもらった『刀』ってやつだ！　……いいだろ？」

自慢するようにニッと笑いながら、腰に携えている刀を軽く持ち上げて見せる。

するとユウキは割と真剣な顔で、俺の刀をジッと見つめてくる。

「……そんなに見てもやらねえからな？」

「あ……ああ、すまん。俺のよく知ってる武器だったから……なぁ、その武器って誰が――」

ユウキが口を開いた瞬間、俺はその後ろから影が近付いていることに気付いた。

「ユウキ、後ろだっ！」

「っ⁉」

俺の声に反応したユウキは、即座に出現させた剣を手に振り返り、飛びかかってきたものを真っ二つに斬る。

「きゃっ⁉」

半分になった死骸がイリアとリナの横を通り過ぎ、俺たちの足元に転がる。

それは、人間の赤ん坊くらいの大きさがある蜘蛛だった。

しかもただの蜘蛛ではなく、腹の部分にも大きくグロテスクな口がついている。

それを見た俺は思わず顔をしかめてしまった。

「クソ、話の途中だってのに……」

ユウキが後ろを向いたまま呟く。

俺もその視線の先を追うと、たった今真っ二つにしたのと同じ蜘蛛の魔物が大量にいた。

もはや地面の草や木の幹すら見えないほどの量……その上サイズはバラバラで、俺たちよりも一回り大きい個体すらいる。

マジかよ……！

「走れ……」

「ユウキ様？……ひっ⁉」

ユウキの声に振り返ったイリアが、その光景を見て小さく悲鳴を漏らす。

「全員、走れぇえぇっ！」

ユウキの号令に、俺たちは迷う暇もなく走り出した。

一拍遅れて、蜘蛛も追いかけてくる。

「いやぁぁぁっ⁉」

「おい、イリア！」

俺の呼びかけも届かず、イリアが恐怖のあまり先行してしまう。そしてそれをリナが追ったせいで、既に陣形は滅茶苦茶になっていた。

「ラピィ、ユウキさん、あの方の後を追ってください！『ファイアーウォール』！」

セレスが立ち止まり、俺たちと蜘蛛との間に炎の壁を作った。

何匹かはその壁に突っ込んで消し炭になるが、そこまで幅の広い壁ではなかったために、すぐに迂回して側面からやってくる。

「セレスさんっ！」

セレスを襲おうとしていた蜘蛛に、ユウキが槍を数本飛ばして串刺しにした。

お礼を言いながら後退するセレスをユウキが援護しつつ、俺たちは走り続ける。

「メアちゃん、今あの技できないの⁉　あの炎をバーッてするやつ！」

俺の横を走っていたラピィが、急にそんなことを言い出す。

「んな無茶言うな！　アレだって出そうと思って出したんじゃねえんだぞ⁉」

前を向いて走りながら、ラピィの無茶ぶりにツッコミを入れる。

仮にアレを使えるとしても、セレスの炎の壁によって敵が左右に分断されてしまっているため、一網打尽にするのは難しいだろう。

というか、この数を相手するのは厳し過ぎるだろ……！

しかもそもそも蜘蛛の方が足が速い。

何匹かに追いつかれて、その都度反撃して潰す羽目になっていた。

『キシィィィッ！』

威嚇するような鳴き声を出して、襲いかかってくる蜘蛛。

「チッ！」

俺は鞘に納めたままの刀を振るって叩き潰す。

同様にラピィも蜘蛛に飛びかかられ、ナイフで応戦しようとしたが、そのサイズとスピードに負けて押し倒されてしまった。

「ぐっ！」

「ラピィ！」

俺はすぐに止まって、ラピィに覆い被さっている蜘蛛を打つ。

蜘蛛は息絶えたが、緑色の体液がラピィにかかってしまった。

「ありがとう……うぇぇ、気持ち悪い……」

「わ、悪い……でも早く行こうぜ！」

ちょっと罪悪感を感じつつ、ラピィを急かして起こす。

今はなんとかセレスとユウキが足止めをしてくれているが、そろそろ突破されそうだ。

「うん……いちちっ⁉」

ラピィは立ち上がろうとすると、脇腹を抱えてしゃがんでしまう。

「ラピィ……っ！」

ラピィの脇腹からは血が染み出していた。

どうやら、さっきの蜘蛛にやられたらしい。

「あ、はは……しかも結構強い毒があるみたいだね、これ……」

気丈に笑おうとするラピィ。

しかしその顔はどんどんと青くなっていく。

マジかよ……こんな時にアヤトがいれば！

ないものねだりをしながらラピィを抱え上げようとすると、ユウキが先にラピィをお姫様抱っこをする。

「この子は俺に任せて、メアたちは自分の身を守るのに専念してくれ！」

ユウキはそう言いながら、両手が塞がっていても武器を自由に作り出せる能力で蜘蛛たちを倒していった。

その言葉に甘え、俺はまた走り出す。

あれ、そういえばイリアは？

先に行ってしまったイリアのことをふと思い出す。

どこまでいったんだ……まさか魔族に鉢合わせてないよな？

リナも一緒にいるから大丈夫だろうけど……。

そう心配になりながら走っていると開けた場所に出て、その先にイリアとリナの後ろ姿が見えた。

しかし二人とも、走るどころかただボーッと突っ立っているだけだ。

「おい、イリア！　何ボーッとして……んだ……」

その横を通り過ぎようとしたところで、イリアたちが何もせずに立っていた意味が理解できてしまった。

……崖だ。

見下ろせば、はるか下に森が広がっていて、落ちれば助からないであろうことは容易に想像できた。

後ろを見ると、逃げるユウキとセレス、それを追いかける蜘蛛の集団が迫ってきている。

二人は少しでも敵を遅らせようと攻撃しているが、蜘蛛の進撃は止まる気配を見せない。

リナも敵に向かって弓矢を放つものの、いくら一匹一匹を確実に仕留めようとも、大量にいる蜘蛛の進行を遅らせることはできなかった。

横に逃げようにも、蜘蛛の数が多すぎて逃げ切れる気がしないし……ラピィの言った通り、転移させられる直前に出したあの技が出るか試してみるか？

刀に手を添えて、そんなことを考える。

だけどもし全て倒しきることができず、あの時と同じように気絶してしまったら、完全に足手纏いになってしまう……

「どうすりゃあいいんだ……？」

何も思い付かず、頭が真っ白になる。

アヤトに修業を付けてもらって強くなってた気でいたけど、こんな時にどうすることもできないという現実に、思わず歯軋りをしてしまう。

――ミシッ。

と、その時、何かが軋むような音が足元から聞こえてきた。

目を下にやると、地面に大きくヒビが入っていることに気付く。

ヤバい――

そう思った俺は逃げるのではなく、傍にいたイリアを蜘蛛のいる方へ突き飛ばした。

「痛っ⁉　メアお姉様、何を……っ⁉」

イリアは文句を言おうと俺の方を振り返るが、その時には既に俺の足元は崩れ落ちていた。

「――お姉様っ！」

イリアは手を伸ばそうとするが、それが俺に届くことはない。

そして彼女の叫び声に、全員が俺の方を振り返って何が起きているのか把握した。

ユウキがこちらに向かおうとするが、蜘蛛の動きを食い止めるので精一杯でそんな余裕はない。

俺は誰かに助けてもらうことを諦め、下の方を見る。

「……ははっ、この高さから落ちたら、さすがに助からねえだろうな……」

崖の上にいた時は恐怖心があったのに、落下している今では逆に冷静になっていた。

今までの記憶が頭の中を駆け巡る。

そしてその中でも強く思い浮かべてしまう奴が一人。

出会った当初から図々しくてお節介で、でも不思議な魅力があって、周囲の人間を賑やかにしてしまう男……

「アヤト……」

名前をポツリと呟く。

その瞬間、もう会えなくなるという悔しさに似た感情が込み上げてくる。

なんでこんな時にいないんだよ……その滅茶苦茶な強さで早く俺たちを見付けてくれよ……！

周囲に避けられているといじけていた俺を無理矢理学園に復帰させ、それが勘違いだったと証明してくれた。

誰も信じられなくなって落ちぶれるはずの俺を助けてくれた。

そのアヤトに、また助けてほしい。

息を大きく吸う。

「早く助けてくれよ、アヤトォォォォッ‼」

それは届くはずのない叫びだったが――

直後、背中に軽い衝撃が走る。

「っ！　……あれ？」

木に当たって、これから地面に落ちるのだと覚悟して、目を閉じて歯を食いしばった。

しかしいつまで経っても痛みが襲ってこない。

むしろ体が浮いている気すらする。

痛みを感じる暇もなく死んだのか？

そう思って恐る恐る目を開くと、そこには見知った顔があった。

「ああ、助けに来たぜ、メア。待たせたな」

「あ……ア、アヤ、アヤヤ……」

その名前を呼ぼうとして、しかしさっきまでの恐怖心のせいか、あるいは現実だと思えないからか、呂律（ろれつ）が全く回らない。

そんな俺の様子に呆れた彼は、フッと笑った。

「誰が『アヤヤ』だよ。俺は女でもアイドルでもね――」

「アヤトッ！」

俺は嬉しさのあまり、アヤトの胸に思いっ切りしがみついた。

しばらくするとフワフワした感じが消え、アヤトが地面に足を着けたのが分かる。

「アヤト！　アヤト！　アヤト！　……本当にアヤトだよな？」

あまりの不安に、目の前にいるはずのアヤトの顔をぺたぺたと触（さわ）って確認してしまう。

「ああ、そうだよ。他の誰に見える？」

「……魔王様？」

俺がふざけた返答をすると、アヤトはフッと優しく笑ってチョップしてくる。

「なんでだよ」

親が子供に語りかけるような、優しい声で言うアヤト。

そんないつもの受け答えが嬉しくて、俺は再びアヤトの胸に強く抱きつく。

ああ、やっぱり俺はこいつのことを――

第10話 また会えたな

俺、アヤトが少し遠くの断崖絶壁の上に見たのは、リナと知らない少女の姿だった。

あれは誰だと思っていると、メアもそこへとやってくる。

三人ともどこか焦りながらも、しかし背後が崖になっていることに気付いて絶望している様子だった。

なんとなく嫌な予感がすると同時に、三人が振り返る。

そしてリナが見えなくなった直後、メアが見知らぬ少女を奥の方に突き飛ばし――

――メアの立っている場所が崩れた。

俺はカイトたちにその場で待機するよう指示を出し、全力で駆け出した。

普通の奴なら間に合うはずもない距離だが、俺の身体能力ならば問題ない。

とはいえあまりギリギリになっても落下の衝撃を殺しきれないため、少し離れたところから跳躍(ちょうやく)し、空中でメアをお姫様抱っこでキャッチ。

そして一旦崖下に着地した。

メアは余程怖かったのか、俺の名前を連呼(れんこ)して抱きついたまま離れようとしない。

その後一旦落ち着いたかと思ったが、やはり再び力強く抱きついてきた。

とはいえ、崖上にはリナの姿が見えたのだ、このままここにいるわけにもいかない。

俺はメアを抱きかかえたまま、ジャンプして崖を登り状況を確認した。

そこにいたのは、大小問わない大量の蜘蛛。

その数を減らそうと、魔術を放つセレスと弓を引くリナ。

ポカンとアホ面を晒して唖然(あぜん)としている知らない少女。

誰かに背負われながら青い顔をしているラピィ。

そして――

「――は?」

「……え?」

見覚えのある顔、聞いたことのある声をした人物が、なぜか剣を持ってそこにいた。

嘘だ……バカな、そんなはずはない……

だってここは異世界で、元の世界にいるあいつがいるわけがない。

俺の近くにいたことで、『悪魔の呪い』の余波を喰らっていろんな事故や事件に巻き込まれてきたというのに、俺の友達でいようとした変わり者の隠れオタク。

――新谷結城。

「あ……アヤト……アヤトじゃんか！　本当に会えた！」

「なんで……」

ユウキは切迫した状況にもかかわらず、顔をパッと輝かせてこちらを見る。

俺は何が起きてるか分からず混乱し、目の前にいるユウキに向けて口を開き――

「なんで生きてんの？」

「待って、再会した友人への第一声がそれって酷すぎない⁉　たしかにここ来るまでに、生きてるのが不思議なくらい危険な目には遭ってきたけど！」

テンパり過ぎて思っていたのと違う言葉が出てしまった。

しかし、ユウキがツッコミを入れてくれたおかげで、なんとか冷静になれた。

「すまん、少し混乱してた。訂正しよう……なんでいんの？」

「むしろ俺が『なんで』だよ。なんで訂正しても、言葉のオブラートを使わないわけ？　ったく……久しぶりくらい言わせろよ、親友。また会えたな」

ユウキが拳にした手の甲を向けてくる。

そこに俺も軽く握った手の甲を当てた。これは俺たちなりのハイタッチみたいなものだ。

……もっとも、俺はメアを抱っこ、ユウキはラピィをおんぶと、イマイチ締まらないのだが。

俺は懐かしさに苦笑しながらユウキの顔を見る。

「ああ、そうだな……俺からすれば『会えちまった』って言う方がしっくりくるかな」

「ケチ臭いこと言うなよ。何となくお前が考えそうなことは分かるけど、一人だけ異世界旅行なんてズルいじゃねえか？」

「その異世界旅行で楽しく殺されかけてもか？」

俺はそう言って、突然の乱入者に警戒して立ち止まっている蜘蛛の群れに視線を向ける。

「せっかくの友人との再会なんだ、邪魔するなよ……散れ」

軽く殺気を放つことで、蜘蛛の群れはいとも簡単に、それこそ文字通りに蜘蛛の子を散らすように逃げていった。

その光景を見たユウキが、苦笑いでポツリと呟く。

「うわー、さっきまで苦戦してた俺たちがバカみたい……」

「そう言うなよ。お前が必死に守ってくれたおかげでそいつが助かるんだ」

俺はユウキに背負われているラピィに目を向ける。

目は細く開いているが、意識が朦朧としている様子で、俺を認識していないようだった。

「アヤト、さん……ラピィを助けてくだ、さい……！」

息が切れ切れになっているセレスが、俺との再会に驚くよりも先にラピィの心配をしていた。

「言われなくてもやってやるさ」

「大丈夫なのか？　だってこれ、毒が……」

ユウキの心配を余所に、俺はラピィに回復魔術をかける。

青くなっていた顔が正常な色になり、ダメージを負っていたであろう脇腹や他の擦り傷などが消えていく。

同時に虚ろだった目にも光が戻り、大きく見開かれた。

「え、あれ!?　なんで……って、アヤト君！」

「回復して早々忙しないな、お前は……」

俺はラピィの元気っぷりに呆れつつ、いつまでも抱えていてもしょうがないのでメアを下ろす。

「ユウキ君、ユウキ君。私ももう大丈夫だから、下ろしてくれる？」

ラピィの方も自分が背負われていたことに気付くと、頬をほのかに赤らめて言った。

するとユウキが残念そうな表情をする。

「そうか……もう少しささやかな膨らみを堪能したかっ――」

「今なんつった？」

「おっと、なんでもない」

ラピィの圧力を受けても、ユウキは何食わぬ顔で流す。

コイツの変態ぶりも相変わらずである。むしろこの世界に来てオープンになったか？

と、俺も俺でカイトたちを連れてこなくちゃな。

そう思って、俺は空間に裂け目を作る。

「なんだそりゃ……やっぱり魔法か？」

「正確には魔術だがな。少し待ってろ、今他の仲間を連れてくるから」

そう断って裂け目の中に入り、一分もかからないうちにユウキたちのところへと帰ってくる。

「こ、これは……っ⁉」

そんな俺たちを見たユウキが一歩後ずさりし、驚愕し動揺する。

その目線の先には、シャードとペルディアがいた。

「なんつう高レベル……！」

「緊張感出した言い方してるとこ悪いけど、今はツッコミは入れないからな」

そう言って、ユウキのことを今は放っておくことにする。

たしかにレベルが高いのは確かだが、それよりもやることがある。

そう思ってカイトたちの方を見るが……

「無事だったんだな、リナ！」

「うん……カイト、君も……無事でよかった……」

「おっす、ミーナ！」

「ん」

リナとカイトが手を握り合ったり、メアとミーナがハイタッチしたりと再会を喜ぶ時間のようなので、少しだけ待つことにした。

その時、誰かに服の裾を引っ張られたのでそちらを向くと、黒髪の少女が俺を見上げていた。

ドレス姿の、どこかのお嬢様という感じの子だ。

「あの……私、イリア・カルサナ・ルーメルと申します」

丁寧に名乗りながらお辞儀をしてくるイリアという少女。

一瞬だけ侮蔑するような眼差しをペルディアとランカに向けた彼女は、すぐに俺と目を合わせる。

「先程は助けていただき、ありがとうございました」

再び頭を下げるイリア。

「助けたって言っても、蜘蛛を追い払っただけなんだけどな？」

「いいえ、それだけではありません。メアお姉様も救ってくださったではありませんか」

メア……お姉様？

「お前、妹がいたのか？」

「血は繋がってねえよ。昔馴染みで、俺が年上だったからそう呼ばれてるだけだ」

すると俺とメアの会話が気に入らなかったのか、イリアが眉をひそめて睨んでくる。

「すいません、聞きたいことがあるのですけれど……その方がどのような人なのかご存知で？」

視線が俺に向いてるってことは、俺に質問しているのだろうが……「その方」ってメアのことだよな？

「メアがどうかしたのか？」

「お姉様は一国の姫なのですよ？」

イリアの発言に、俺とメアは顔を見合わせる。

「知ってるけど？　むしろ俺はこいつの爺さんから護衛を依頼されてるんだが……」

「なっ⁉　では……メアお姉様が王族なのを承知の上でそのような言葉遣いなのですか……？」

イリアの問いに、俺は頷く。

「まぁな。そもそも俺、敬語苦手だし」

目を逸らしながらベッと舌を出して答えると、イリアはさっきまで神妙にしていた顔を歪ませ、頬を膨らませていじけたような子供らしい表情になった。

「王族には敬意を払ってください！　払うべきです！」

「じゃあ、敬意を払われるようなことをしなくちゃな？　その地位にいるから守られて当然って考えている奴には敬意の『け』の字も払いたくない」

意地悪く笑ってそう言うと、さらに頬を膨らませてそっぽを向いてしまう。

「あんまいじめてやるなよ。しっかりしてるけど俺たちより年下なんだから……」

ユウキがイリアのフォローに回ろうと、会話に割って入ってくる。

「いじめじゃない、ただ親切に現実を教えてやってるだけだ」

まあ実際のところ、俺のはまさに屁理屈であると自覚している。

そんな俺を見て、ユウキがやれやれと笑う。

「そういや、まだ名乗ってなかったな。アヤトだ」

俺の名前を聞いたイリアが、ちょっとだけ視線をこっちに向けてくる。

「アヤト？　あなたがあの『タカナシアヤト』ですか？」

なんで俺のフルネームを、とも思ったが、ユウキから聞いたのだとすぐに理解した。

「ああ、そうだ。さっきの言いようからして、お前も王族なんだろ？」

「おまっ……えぇ、そうですけど……」

相変わらず俺の話し方が気に入らないのか、イリアはムスッとした表情で肯定をする。

「じゃあ……ユウキを召喚したのもお前か？」

「それ、は……っ！」

俺は問いかけつつ軽く威圧を加える。

たしかにユウキと再会できたのは嬉しかったが……コイツがこの異世界に呼ばれたことに対して、怒っていないわけじゃない。

「お、おい、アヤト……」

俺を止めようとしてユウキが声をかけてくる。

他の奴らも何事だと、俺たちの方を見た。

「ユウキを召喚した目的を達成したら、お前は……いや、お前らはこいつをどうするつもりだ？」

「それは……一応、我が国でおもてなしをさせていただく予定ではあります。一時は父様たちが王位を譲るなどといった話にもなりましたが、ユウキ様がそれを辞退なされたので……」

……嘘は言っていないようだ。

ユウキを見ると、肩を竦めていた。

「王様なんて、俺の柄じゃないだろ」

「……それもそうだな。でもいいのか？　多分もう、向こうには帰れねえぞ？」

ユウキはうーんとしばらく唸るが……

「まあ、な。『いいか？』と問われれば全くよくはないんだけど……でもまぁ、ダメならダメで気楽に生きるさ。アヤト頼みで」

「最後の一言がなけりゃあなぁ……」

なんて言いつつ、頼られるのを悪く思わない俺はただ軽く受け流す。

そんな俺の態度に、ユウキが軽く笑う。

「はは……まぁ、異世界召喚なんて普通体験できないだろ。そこら辺はイリアに感謝したいくらいだね」

「お前、俺と一緒にいたせいか、頭のネジがどっかにぶっ飛んじまってんな……俺もぶっ飛んでるけど」

「自覚はあんのかよ」

俺とユウキは元の世界にいた時のように笑い合う。

一応今は緊急時だってのに、緊張感もなく話が進んでしまっていた。

それからしばらく、服がファンタジーらしいだの、それがコスプレっぽいだの似合ってるだのと盛り上がり、各々の簡単な自己紹介も済ませる。

するとユウキが、興味深そうな様子でカイトとリナを交互に見ていた。

「へぇ～、アヤトが弟子ねぇ？」

「はい、といっても弟子入りしたのは最近の話なんですけど……」

カイトは遠慮気味に会釈し、リナも釣られて頭を下げる。

「……アヤトの修業って大丈夫なの？　うっかり殺されちゃいそうになってない？」

ユウキは本気で心配そうな表情を浮かべてカイトたちに聞く。

「失礼だな、お前。俺だって分別くらいは弁えてるし、回復だってできるからそうそう死ぬことはないぞ？　……って、なんでそこで目を逸らす？」

カイトたちが青い顔をして、目どころか顔を逸らしていた。

「そりゃあまぁ……その回復魔術がなかったら、何回死んでるんだろってくらいには痛め付けられてるからな」

カイトたちの代わりに、メアがそう答える。

そんなメアを、イリアが訝しげな表情で見ていた。

「……まさかとは思いますが、メアお姉様もそんな修業を……？」

「おう！」

イリアの視線を気にすることなく、メアは屈託のない笑みを浮かべて答える。

そんなメアの言葉に、イリアは頭を抱えた。

「言いたいことがありすぎて、何から言ってよいのやら……」

「そういう時は潔(いさぎよ)く諦めるのも肝心(かんじん)だぞ」

適当な言葉をかけると、俺にジト目を向けてくるイリア。

威嚇のつもりなのか、何も言わないまましばらくジッと見ていたが、俺が動じないと分かると大きく溜息を吐く。

「……たしかに今はそんな議論をしている場合ではありませんでしたね。ですが！」

落ち着いたかと思いきや、人差し指を立てて俺に向けてきた。

「人に指を差しちゃいけませんって、おばあちゃんから教わらなかったのか」

「これは一体どういうことですか⁉」

俺の言葉を完全無視して、ペルディアとランカがいる方向を指差す。

ペルディアたちがなんだって……ああ、そういうことか。

「安心しろ、ペルディアが魔王だったのは前のことだ。今はグランデウスを倒すのに協力してくれてる」

俺が紹介してやるとペルディアが微笑み、イリアは少し顔を赤くする。

ペルディアの笑顔って結構破壊力あんのな。そりゃあ、フィーナが入れ込むわけだ。

「そうですか、魔王……はい？　魔王？」

イリアは俺に視線を向けようとするが、再びペルディアを二度見する。

あれ、魔王だって知ってて言ったんじゃないのか？

「んで、そこのチビ助はここに来る道中で拾ったアホだ」

「……あなた、さてはSですね？　ドSですね？　こんな魔力以外何の取り柄もない幼女を罵倒するなんて、相当な鬼畜ですね！」

ひとしきりツッコミを入れたランカは、大きく息を吐いて仕切り直そうとする。

「とりあえず改めて名乗っておきましょう……我が真名はランカ！　深淵を覗きし者なり！　そして――」

俺が与えた名前をちゃっかり真名として名乗ったランカは、俺を指差す。

あっ、これ嫌な予感がする……。

「この人の性欲処理係です」

「おいぃぃぃぃぃっ!?」

さっきの仕返しと言わんばかりに、トンデモ発言をしてくれた。

「アヤト、お前……」

信じられないといった風に、ユウキが口に手を当てる。メアもかなり引いていた。

「ちょっと会わないうちに、そんなロリとか中二病とか変な属性が多い奴を相手にしないといけないくらいに性癖が歪んじまって……」

「やかましいよ」

「あれ、今私バカにされました？」

ユウキの発言に俺とランカがイラッとする。

いや、ランカの場合、自分の発言が原因なんだから自業自得なんだけど。

「そうか……人間やら魔族以前に、見た目の問題があったか……」

ペルディアまで悪ノリしだす始末である。

ちょっと笑ってるあたり、絶対分かってて言ってるだろ、こいつ……

すると今度はメアが俺の襟首を掴んで揺らす。

「嘘だよな!? アヤトがそんな……小さい子が好きだなんて！」

割と本気で心配そうな表情を浮かべるメア。

「好きなわけねえだろ！」

ランカとユウキの発言のせいで、なんだかカオスな状況になりつつある。

話にすっかり置いてかれていたイリアは、恥ずかしさからか顔を真っ赤にしていた。

「ち、違っ……私が聞きたいのは、なんで魔族が一緒にいるかって話ですっ！」

「仲間だからだ！」

イリアの叫びに同じくらいの声量で即答した。

その勢いに負けてか、イリアが一歩後退する。

「ぐっ……なぜそんなハッキリと言えるのですか……!?」

「ああ、アヤトが相手を信じる時って結構信用できるぜ」

俺のフォローをするように、ユウキがそう言ってくれる。

しかしそれでも信じられないとでも言いたげなイリア。

「これでも俺は人を見る目には自信があってね」

と、相手の嘘や悪意を見破ることができる俺の特技を、それっぽく言ってみる。

「それで……その人たちは信用できると？」

「まあな。あともう一人、魔族の仲間がいるからそいつもな」

フィーナのことをそれとなく伝えると、イリアはペルディアたちをまだ完全には信用できないのか、ジト目で見ていた。

「そのペルディアという方が、急な心境の変化で裏切らないという保証は？」

「そんな気配があれば、俺がすぐに気付く。それにそれは魔族じゃなくても同じことだろ？　人間だって簡単に裏切る」

イリアは「ぐっ……！」と唸って下唇を噛む。

「結局のところ、魔族を嫌うのに適当な理由を探してるだけだろ？　魔族にもいい奴はいる、人間にも悪い奴がいる、それでいいじゃねえか」

「それは……そうですけど……」

中々納得できないといった様子だ。しかし、少しだけでも納得してもらわないと、魔王との戦いまで目の敵にされても困るんだがな……

まぁ、これだけは言葉一つでどうにかなるとは思ってないから、イリアの気持ち次第となる。

「……せめて、グランデウスを倒すまでは共闘って形で納得してくれ」

「私は構わないぞ」

ペルディアが頷き、俺と一緒にイリアを見る。

イリアの表情は険しく、葛藤しているのが見て取れた。

しばらくすると、諦めたように肩の力を抜いて落とす。

「分かりました。一時的に協定を結びましょう……非常に遺憾ですけれど」

本当に心の底から嫌そうな顔をするイリア。

やっとかとでも言わんばかりに、周りから溜息が漏れ聞こえてくる。

「それじゃあ、最後の作業に入りますかね」

「あん？　最後の作業？」

俺の言葉にユウキが不思議そうに声を上げる。

「ここから魔城が見えるだろ？」

俺はそう言って魔城を指差す。

「……あっ、そういえばお城のようなものが……」

「それどころじゃなかったから気付かなかった……」

ユウキたちは今気付いたらしい。

「その魔城の下は見えるか？」

「魔城の……下？」

ユウキが目を細めて見ようと前に出る。

「……何、あの黒く染まってるの？」

「あれは全部、魔族だ」

「……はい？」

目を細めていたユウキが、何を言っているんだとでも言いたげにこっちを見た。

「うわー、あれ全部かよ？」

メアもその黒い塊を目にして、苦虫を噛み潰したような顔をする。

「さっきの街の住人の話じゃ、戦える奴をそこら中から集めてたって聞いたが……またずいぶんといるな」

「……師匠、もしかして俺たち、あれと戦うんですか……？」

ペルディアの言葉に続いて、カイトが心配そうに聞いてくる。

「いや、お前らにあれはさすがにまだ早い……俺だけ行く。ま、一緒に行きたいなら話は別だが？」

ちょっと意地悪く笑って言うと、カイトは凄い勢いで首を横に振る。

「私もここで待ってる。アヤトの足手纏いになりたくない」

ミーナは俺の目を真っ直ぐ見てそう言った。ありがたい判断だ。

「そうか……んじゃ、今のうちに魔空間に戻ってるか？　またいつ魔法やら魔術やらが使えなくなるか分からないし、そこにいる方が安全だ」

そう言って、空間に裂け目を作る。

「いい。アヤトの戦いを見てる」

「ま、見てるのも修業って言うしな！」

俺の提案をミーナは断り、メアも横に並んでニヒヒと笑いミーナに賛同する。

「他の奴らは？　戦えない奴、戦いたくない奴は安全な場所に避難できるからな……とりあえずイリアは避難決定な？」

俺が指名すると、何のことか分かっていないイリアは「え？」と声を漏らす。

「それでは、私もあの空間にいるとしよう……ちなみに私の薬はいるかね？」

スッと胸の谷間から瓶を取り出して見せるシャード。

その光景にユウキが目を見開いて「マジか……」と驚愕していた。

「いや、要らん。バッサリか。分かったよ」

「ハハッ、敵味方の区別がつかない攻撃手段は邪魔になるだけだ」

シャードは承諾の返事をすると、イリアの肩を掴んで一緒に魔空間に入ろうとする。

「えっ、ちょっ……ユウキ様！　ユウキ様はどうなされるので!?」

強引に連れていこうとするシャードに抵抗しながら、ユウキに聞くイリア。

「俺も外でアヤトの戦闘を見てるよ。万が一魔族に襲われても多少は戦えるし」

ユウキはそう言うと、自分の手の平に剣を出現させて、それを浮遊させ始めた。

「そんな――」

「おお、それってもしかして？」

イリアが何か言いかけたが、時間もないしユウキの剣が気になったので魔空間を閉じる。

「おうよ、俺のチートだ！　魔力がある分だけ色んなもんを作れるし、その作ったもんを空中で操れる優れものだぜ！」

ユウキはイリアが何かを言いかけていたことに気付かず、出現させた剣を飛ばして自由に操るところを得意げに見せ付けてきた。

ただ、これ……

「危ねぇわっ！」

飛び回る剣を手刀で叩き折る。

バキッといい音を立てて折れた剣は、一瞬で霧となって消えた。

「ふーん、魔力で作られてるから、壊されれば消えるってことか」

「あとは作ってから三十分くらいで自然消滅するな。どれだけ出せるかはまだ完全には把握してないけど、かなりの数いけると思う」

すまんすまんと謝りながら説明するユウキ。

作りたい放題で三十分維持か……

「身体能力とかは上がってないのか？」

「ああいや……どうだろ？　地球にいた時よりは上がってるかもしれないけど、そもそもここに来てから体が軽くなってる気がするんだよなぁ……」

ユウキが首を傾げながら言う。

おっ、意外と鋭い。

「ああ、ここは地球よりも身軽に動けるらしい。重力はそのままだから、実質身体能力が上がってると考えていいだろうな」

「へぇ……ってことは、もしかしてアヤトもか？」

数回ジャンプして確認するユウキが、何かに気付いたように引きつった笑いをしながら俺の方を見る。

「まぁな……力の加減を覚えるのに少し苦労したよ」

「ただでさえアニメみたいな力持ってんのに、さらに上がるのか……さっきの魔法といい、どんだけチートにチート重ねる気だ？　神にでもなる気かよ……」

神（シト）になるのは勘弁（かんべん）してほしいなぁ。なんてことを考えていると、ペルディアが手を挙げた。

「ならば私はアヤトと一緒に参戦しよう。近くで戦いっぷりも見てみたいし」

「分かった。それじゃあとりあえず、俺とペルディアで出ることにするか。皆は魔城近くのあの丘で待機ってことで――それじゃあ行くか！」

そして俺たちは、魔城へ向けて進み始めた。

第11話　白い少女

「「……」」

明るいとは言い難（がた）い薄暗い部屋には、不思議な光景が広がっていた。

椅子（いす）に腰かけて五本の指を合わせつつ静かに瞑想（めいそう）をする、黒い執事服を着た男性。

悲しそうな表情で、落ち着きなく辺りを歩き回る褐色肌（かっしょくはだ）の女性。

腕を組み、壁に寄りかかっている巨躯（きょく）の男性。

そして宙に浮かぶ、赤、青、緑、黄色、茶色と、全身がそれぞれの単色に染まった子供が五人。

誰かが何かを言うわけでもなく、部屋にはただ沈黙が流れていた。

「……ココア、少しは落ち着いたらどうだ？」

しばらくしてようやく、巨躯の男性――光の精霊王オルドラが口を開いた。

指摘された褐色肌の女性――闇の精霊王ココアはピタリと動きを止め、目に涙を浮かべてオルドラを睨む。

「それはっ……アヤト様から引き離されたのですよ!?　アヤト様と契約して体の中にいたのに……それを強制的に追い出されるなど、ただごとではありません！」

激怒(げきど)して声を荒らげるココア。

しかしすぐに呼吸を整えると、一息吐いて落ち着いた。

「……お見苦しいところをお見せしました」

ココアはいつも通りの落ち着いた様子で、執事服の男性――『災厄の悪魔』ノワールに頭を下げる。

「クフフ……いえ、中々珍しい、面白いものを見せていただきました。ですがたしかにあなたの言う通り、この状況は普通ではありません……」

ノワールは口に手を当てて考え込む。

「精霊が……それも精霊王が宿主(アヤト様)から強制的に排除(はいじょ)されるとなると、何が起きているのか……それにこの部屋も」

ノワールは椅子から立ち上がり、部屋の端に移動する。

そしてそこにあった鉄格子に触れようとして――

――バチンッ！

勢いよく弾かれてしまった。

それだけでなく、黒い手袋を装着していた手が焼け焦げている。

「っ……！」

「ノワール様っ⁉」

焼かれた手をじっと見つめるノワールに、ココアが心配して近寄る。

しかしノワールの腕は徐々に元に戻っていき、人と変わらない肌色の手に再生した。

「問題はない。だがこの通り、この私が触れることすらできない鉄格子……久しぶりに奴の顔を思い出して腸が煮えくり返りそうだ……」

いつもの慇懃なものではなく素の口調でそう零しながら、鉄格子を忌々しく睨み付けるノワール。

憤怒のあまりに彼の白目が黒く染まっていくのを見て、ココアたちはゾッと背筋を震わせる。

「ノワール様でさえ、触れることが叶わないなんて……」

「特別な魔力を流してあるようだな……わしらが触れれば言わずもがな、ノワール様の比ではないダメージを受けることになるだろう。最悪、消し飛ぶぞ」

「えい」

頭を抱えて悩むココアとオルドラを余所に、赤い子供――火の精霊王アルズが火の玉を作り出して放つ。

鉄格子に当たった火の玉は、パシュンッと音を立てて飛び散った。

「あっつ……何してんの、アルズ⁉」

アルズの余計な行動により飛び火したものが、近くにいた茶色い子供――土の精霊王オドに降り注ぐ。

「えへへ……ほら、魔法で何とかならないかなって検証を、ね？」

「『ね？』じゃないよ、ここら辺燃えてんじゃん！　ルマ、消火して！」

オドに指示された青い子供――水の精霊王ルマが「ん」と短い返事をし、絨毯（じゅうたん）に燃え移った火に水をかけて消火した。

オドに怒られたアルズは、口を尖（とが）らせていじける。

その四人を、黄色い子供――雷の精霊王シリラは一人、静かに眺めていた。

「『魔力の拒絶（きょぜつ）』……魔族大陸に張られたという結界に似た効果を持つ鉄格子によって我々が封じ込められているのは……偶然ではないな。そういうことだろう、『白（しろ）』？」

そんな精霊王たちを横目に、ノワールが暗く視界の遮られた鉄格子の向こうに話しかけると、コツコツという足音と共に少女が姿を現した。

白いツインテールの髪、真っ赤な瞳、色白の肌。

申し訳程度に恥部を隠す布を身に着けた彼女は、気味の悪い薄ら笑いを浮かべていた。

「クッフフフフフ……あまり怖い顔しないでよ、『黒』ちゃん♪　せっかく久しぶりの親子の再会なんだから……クフフッ！」

そんな少女の言葉に、精霊王全員が一斉に冷や汗をかいて身構える。

「この……感じはっ……!?」

屈強な体躯を誇るオルドラも、恐怖に震えが止まらなかった。

「ココア、あの人怖いよぉ……」

「あ、あなたは何者なんですか……!?」

親が子を庇うように、怯えるアルズたちを庇うオルドラとココア。

それを見た少女は、唇に指を当てながら、面白そうに妖しく笑った。

そしてココアに近付くと、さらに笑みを深くする。

「何者ぉ～？　何者だと思う？　ねぇ、ノワールちゃん？」

言葉と共にその笑みを向けられたノワールは、憎しみの篭った目で少女を睨む。

「貴様が、その名を、口に、するな！」

ノワールは憎々しげに、一区切り一区切り強調して言葉にする。

「どこで盗み聞きをしていたかは知らんが、その名を口にしていいのはアヤト様と、そのアヤト様がお認めになった方々のみ……貴様のような者が軽々しく言葉にできるものではない！」

「クフフフ……そう、相当気に入ってるのね、あの人間を……」

白い少女は憤慨するノワールを気にすることなく話を進める。

しかしその笑みは、どこか含みがあった。

「貴様……何を企んでいる？」

ノワールの問いに白い少女は唇に人差し指を当て、「んー……」と悩むように唸る。

「企んでいるだなんて……いいえ、話をいちいち脱線させるのはやめましょうか。そうね……企みってほどじゃないけど、ちょっとちょっかいを出してみようかと思って」

「『ちょっと』？　私やこいつらをアヤト様から引き剥がしてまでやるのが『ちょっと』か？」

「もう、ノワールちゃんこーまーかーいー！　だってノワールちゃんたちがいると、絶対邪魔してくるじゃない？」

白い少女の言葉に、ますます苛立つノワール。

「ってことで、あなたたちはそこでジッとしててね～……あっ、そこに人間が作った玩具が置いてあるから、暇だったらそれで遊んでてね♪」

それだけ言い残し、少女は歩いてその場から去っていった。

コツコツと聞こえていた足音が消えると、精霊王たちは緊張の糸が切れたように大きく息を吐く。

「あ～、息苦しかったぁ～……なんだったの、あれ？」

アルズがいつもの調子で喋り始める。

「たしか……ノワール様と『親子』だとか言っていた気がするのですが……？」

ココアがそう言うと、精霊王全員がノワールの方を向く。

視線を向けられたノワールは、椅子に座り直し、不機嫌そうに腕と足を組んだ。

「ええ、遺憾ながら、アレは私の生みの親となる者です……非常に遺憾ながら……」

大事なことだと言わんばかりに、同じことを二度言うノワール。

その表情はまさに苦虫を噛み潰したようだった。

「ノワール様の母君……あのような少女が……？」

「お前たちも知ってるだろう。一般に人間が悪魔としている混ざりものの存在ならともかく、私のような純粋な悪魔は、寿命が存在せず、それ故に子孫を残す行為をしない」

ノワールは言葉を一旦そこで区切り、白い少女が言っていた玩具置き場に移動する。

そこにはチェス盤や将棋盤などのボードゲームが無造作に重ねられており、周囲には駒が散らばっていた。

ノワールはチェス盤を拾い上げると、チェスに使う駒を一つ一つ拾っていく。

その行動を見たココアやアルズたちも、慌てて一緒に拾い始めた。

「故に純粋な悪魔が発生すること自体、そもそも特殊なのだ。まあ私の場合、また特異な経緯があってあいつから生み出されたわけだが……とにかく、生きていく上での最低限な技術すら教えていない癖に母親面をされるのは本当に遺憾だよ」

ノワールは呆れ気味にそう言いながら、近くにあった台にチェス盤を載せる。

「ノワール様の生まれた経緯……」

「……気になるか？」

チェス盤に駒を丁寧に並べながら、浮かべた笑みをココアに向けるノワール。

「……少し」

「正直だな……だがダメだ。アヤト様がお聞きにならない限り、私からは話さないぞ」

ノワールはそう言ってクフフと悪戯な笑みを浮かべる。

そんなノワールを見て、ココアもクスリと笑った。

「何がおかしい？」

「いえ、失礼しました。アヤト様と出会う以前にお会いした時とは、大分印象が変わったと思いまして……」

ココアはそれ以上笑うのを堪え、真顔に戻る。

「ふん、『丸くなった』、か？」

「……」

ノワールの指摘が図星だったココアは、何も言えず押し黙る。

しかしノワールは機嫌が悪くなるどころか、笑みをそのままにしていた。

「昔の私を知っている者なら誰もが思うことだ、『竜をも殺した悪魔が人間の従者に成り下がった』とな……クフフ、気にするな」

チェス盤に駒を並べ終えたノワールは、向かいの席に誰か座るよう手で促し、それならとオルドラがそこに座る。

ノワールが先に駒を指した後、オルドラも駒を動かして口を開く。

「言いたい奴には言わせておけばいいのだ。『災厄の悪魔』が名を変えようとも、その実態は何も変わらないのだからのう」

それに続いて、ノワールも笑みを浮かべたまま言う。

「そう、そしてその私を使役している方は、この世界で頂点に立つことのできるお方。くだらない人間共が求める金や地位よりも、ただただ生き抜くための手段を追い求めた結果、多大なる力を手に入れたお方だ……そのあまりにも強大な力の裏では、孤独を嫌い、繋がりを求めている。お前たちも契約の時にそれを知っただろう？　そしてさらにその奥にある本当の願いは——」

ノワールがその先を口にすると、全員が驚く。

ココアは目に涙を浮かべて両手で口を覆い、オルドラは手に取って移動させようとしていた駒をチェス盤の上に落とす。

「それは……⁉」

「まさか……本当に……？」

ココアが嗚咽を漏らし、その場に崩れてしまう。

ノワールは気にした様子もなく落とされた駒を拾い上げ、オルドラが動かす前の位置に戻した。

アルズたちも俯き、ルマが悲しそうな表情で崩れたココアの肩を持つ。

「では……その願いが叶ってしまったら、私たちは……？」

ココアは泣き顔をノワールに向ける。

「そもそも、私たちと人間であるアヤト様の寿命が違うことは分かっていたはずだ。人間という種族は、長くて百年生きるかどうか。それが短くなるだけだ……私たちからすれば十年も五十年も変わらないだろう？」

そう言うノワールの顔は、笑みを浮かべてはいるがどこか悲しそうだった。

「……そうでしたな。アヤト様の底知れない強さを見ていると、我々と変わらず永劫の寿命を持ってるように思えて仕方がない」

「……うふふ、そうでしたわね」

さっきまで流していた涙を拭いたココアは、目に赤さを残しつつも笑みを浮かべる。

「ですが……そうですか。カイト様たちを弟子として育てているのは単なる気まぐれか何かかと思っておりましたが、そのような理由もあるのですね……」

落ち着きを取り戻したココアは、ふわりと体を宙に浮かせる。

オルドラも気を取り直してチェスの駒を進め始めた。

「わしらができるのは、大人しく彼らを見守るだけか……」

「……まぁ、仮に何かの手違いで不老不死(ふろうふし)になる類(たぐい)のものを食事へ混入させてしまっても、それは事故ということになりますがね」

ようやく落ち着いて口調に敬語が戻ってきたノワールは、口角を釣り上げて悪い笑みを浮かべる。

その言動に、精霊王たちは全員苦笑いで返すしかなかった。

第12話　接敵(せってき)と合流

太陽が出ているにもかかわらず薄暗い空の下、魔城の周囲には十万人を超える魔族が集まっている。

その全ての魔族は、何かを待ち構えるように武装していた。

「なぁ、本当に来るんだよな？　勇者が……」

一人の気弱そうな魔族の男が、そう口にする。

彼に話しかけられたのは、ガタイのいい男だった。

「なんだ、もう弱音か？」

「しょうがないだろ、魔王様の招集に応じなきゃ、他の村や街みたいに、何もかも消し飛ばされちまうんだからさ！」

気弱な男が少々ヤケ気味に言うと、ガタイのいい男は鼻で笑う。

「お前みたいな腰抜けには丁度いい『気付け』だろ。それに魔王様と勇者の戦いに俺たちが加われるなんて、そう滅多にあることじゃねえぞ？」

「滅多にあってたまるか！　はぁ……戦争なんて二十年前にあったばっかだってのに、また戦うことになるなんてなぁ……」

頭を抱えて、その場に座り込んでしまう気弱な男。

「二十年もだぞ？　……しかしあの戦いから二十年、か……」

ガタイのいい男は言葉を一旦区切り、懐かしむように薄暗い空を見上げる。

「俺は途中で負傷して最後まで参加できなかったが、だからこそあの戦いを生き残ることができたと言えるのだろうな……あの災厄の悪魔による大災害から」

「……」

その言葉を聞いた気弱な男は、魔族と人間と亜人の三種族間で起きた戦争、そしてそこに現れた『災厄の悪魔』との戦いを思い出し、大きく溜息を吐く。

「そん時にいた俺の友達も死んじまったよ……敵と戦って死んだのか、災厄に巻き込まれたのかは分からないけどな」

「ははは、名誉の戦死というやつじゃないか」

そう無神経に言うガタイのいい男に対し、気弱な男は軽蔑の眼差しを向ける。

「あんたみたいな奴、嫌いだ」

するとその瞬間、二人がいるところから少し離れた場所で爆発が起こった。

「な、なんだ⁉」

辺り一帯にいる魔族が、突然の出来事にどよめき戸惑う。

それも爆発は一度だけではなく、男たちから見えない先で何度も起こる。

「一体何が――」

ガタイのいい男が何か言いかけたところで、今度は別の場所が騒がしくなる。

そこには黒い球体が出現し、周囲の魔族を吸い込もうとしていた。

「なんなんだよ……何が起きてるんだよっ⁉」

ある場所では幾度も爆発が起きて魔族が宙を舞い、ある場所では黒い球体が魔族を次々と吸い込んでいく。

そんなとても信じられないような光景を見て、気弱な男が涙目で叫ぶ。

「決まってるだろう？　勇者が攻めてきたんだ！」

一方でガタイのいい男の方は、その場から逃げ出そうとしている魔族たちの波を逆走し、爆発が起きている方向を目指す。

「ようやく巡ってきたこの好機……勇者を倒して、俺が魔王様の側近として相応しいことを証明してみせる！」

意気揚々と飛び出した彼の背中を見送った気弱な男は、ただ呆然と立ち尽くしていた。

そしてしばらくすると、爆発がやむ。

「……やったか？　本当にやりやがったのか、あいつ――」

一瞬、希望を持った気弱な男。

しかしその数秒後、先ほど突っ込んでいったばかりのガタイのいい男が、身体をくの字に折り曲げて、すぐ真横を通り過ぎて後ろへと吹っ飛んでいった。

派手な爆発がなくなっただけで、魔族が蹂躙されているという事実は変わらなかったのだ。

気弱な男が振り返ると、吹き飛ばされてきた男がぐったりと倒れているのが目に入る。

「……どうしろってんだよ、こんなの……どうしろってんだよぉぉぉぉっ！」

気弱な男はやけくそに叫びながら、さっきの男同様に走り出していた。

全員が散り散りに逃げる中を走り続け、その先で目にしたのは――

「ハッハッハッハ！　どうしたどうした！　剣も魔法も魔術もスキルも、全て使って抵抗してみろ！」

一人の人間の男と一人の魔族の女が暴れているという光景だった。

「まさかこんな大軍の中に堂々と突っ込んでいくとはな！　お前はどうかしてるぞ、アヤト！」

「――ペルディア……様？」

大声で叫びながら多種類の魔術を放っている魔族の女を見て、気弱な男は彼女の名を呟く。

そこで暴れていたのは、かつて自分たちをまとめていた元魔王、ペルディアだったのだ。

そしてそのペルディアに名を呼ばれていた人間の男――アヤト。

「いや、やっぱサプライズって大事じゃないか……なっ！」

彼は地面を蹴り砕いて、岩を隆起（りゅうき）させると、遠方から放たれた魔法を防ぐ。

そしてそのまま岩を殴り割って、いくつもの破片（はへん）を前方へ飛ばす。

彼を狙って魔法を放っていた魔族たちは、破片をモロに喰らってしまい、うずくまった

「グハハハハハ、その無双っぷり……さすがは勇者だ！　力自慢の俺と手合わせしてもらおうか！」

直後、身長が三メートルを優に超える大男が、アヤトの前に立ちはだかった。

そしてそのまま、異様に発達した右腕を振るう。

「いらっしゃい行ってらっしゃい！」

対してアヤトは奇妙な掛け声を上げ、その拳を殴り返す。

すると、体格の差を全くものともせずに、大男が押し負けて吹っ飛んだ。

「なんだよ、アレ……もう滅茶苦茶じゃねえか……」

そんな光景を見た気弱な男は、その場で膝を突いて戦意喪失してしまった。

拳を振るえば魔族が冗談みたいに吹っ飛び、蹴りは地面を揺らし地割れを起こす始末。

元魔王であるペルディアが敵としてそこにいるという事実だけでも受け入れがたいのに、アヤトとかいう男もデタラメな実力だった。

まさに悪鬼羅刹と呼ぶに相応しい、狂気すら感じさせるアヤトの姿を見た気弱な男は、もはやこれが現実かどうかすら分からなくなっていた。

☆★☆★

一方その頃、メアたち一行は、戦場から少し離れた丘の上でのんびり観戦していた。

「うわー……カオスだな」

メアが顔を引きつらせながらそう呟いた。

そして一緒に観戦するカイトとリナも似たような反応をする。

「俺はもう慣れたけどな。こうやって安全なところからアヤトが無双するのを見るのは」

少し後方では、ユウキが呆れた笑いを浮かべていた。

「『多少は戦える』なんて格好付けて言ってみたけど、正直アヤトがいると出番ねぇよな……」

「むしろ邪魔になるかも」と付け加え、肩を落として残念そうにする。

するとメアが不思議そうな顔でユウキの方を見た。

「なぁ、ユウキ。あんたって前の世界からアヤトと友達だったんだよな？」

「ああ、そうだな……四、五年くらいの付き合いになるか。四、五年っていうと短いように聞こえるけど、その間に色々とあり過ぎたもんだから、体感的には軽く二十年くらいの付き合いなんじゃないかと思えるな……」

ユウキがしみじみと答える。

「どんだけ凄いことしてきたんだ？」

「そうだなー……アヤトの家ってお偉いさんから仕事が舞い込むことがあったんだけど、それに巻き込まれるのが何回かあったかな。あとは……ちょっと雪山に遊びに行っただけで雪崩に巻き込まれたりとか、自然災害系もけっこうあったな。まあ全部アヤト一家に助けられたけど」

肩を竦めて笑うユウキ。

そんな彼を見たメアは「ふーん」とたいして興味がなさそうな返事をする。

「……アヤトってさ、昔からああだったのか？」

「『ああ』って？」

「なんかいつも達観したような感じでさ。俺より年上なのは分かるけど、周りの奴らと比べるとアヤトって他より大人びて見えるんだよな。フィーナの……他にもいる俺たちの女仲間の裸とか見てもなんか反応が薄いっていうか……」

その言葉にユウキが「なん……だと……」と言って変顔をするが、メアは無視して言葉を続ける。

「アヤトってまさか……男が好きとか言わないよな？」

「バカ野郎、変なこと言うなよ⁉　それが本当なら、俺のケツはずっと狙われてたってことになるじゃねえか！」

背筋がゾッとしたユウキは、思わず自分の臀部を押さえる。

　しかしすぐに真剣な表情に戻った。

「アヤトがそうなったのは多分、出会う女がみんな自分を殺そうとしてきてたからじゃないか？　色仕掛けとか結構多かったみたいだし……」

「なんで……みんなアヤトを殺そうとするんだ？　あんなにいい奴なのに……」

　眉をひそめてそう言うメア。

　メアの言葉を聞いたユウキはフッと嬉しそうに笑う。

「だな。だけどみんなアヤトが怖いんだよ。実際に力もあるしな……でもメア、アヤトのことよく見てるな？　もしかしてアヤトのこと──」

「アアンッ⁉」

「ア、ハイ。なんでもありません」

　余計なことを言おうとして威嚇されたユウキは、即座に顔を逸らした。

　一応メアにとってはただの照れ隠しだったのだが、乙女のものとは到底思えないほどの威圧感が出てしまっていた。

　そんな中、何かに気付いたラピィが顔を真っ青にして声を上げた。

「ちょっと！　ね、ねぇ……アレ……⁉」

　信じられないものを見たような顔をするラピィの視線の先に、全員が顔を向ける。

　彼女たちのいる丘を挟んで戦場の反対側、つまり丘の向こう側から、何かが猛スピードで迫ってくるのが見えた。

それは三階建ての一軒家くらいはありそうな熊だった。

「あれって……ダディベアー……」

セレスも顔を青くし、体をガタガタと大きく震わせながら呟く。

ユウキとメア、そしてリナも、辺りを見渡しながら「えっ、なになになに⁉」と混乱していた。

しかしその中で、あまり大きな反応を示していない者が二人。

「あっ、アレってあの熊さんじゃないですかね？」

「……うん、怖くない。多分、昨日アヤトと話してたダディベアー――ティアだ」

「「「「……え？」」」」

カイトとミーナの言葉に、全員が驚きの言葉を漏らす。

そうこうする内に、アヤトにティアと名付けられたダディベアーはダンッ！　と大きな足音を立てて、カイトたちの目と鼻の先で立ち止まった。

震えて怯えるラピィたちを余所に、ティアがその場で低く屈む。

そんなティアの上から、高らかに声を上げる者がいた。

「奇遇ね、あんたたち！」

メアたちが顔を上げると、そこにいたのは、腕を組んでドヤ顔をしている魔族の少女、フィーナだった。

彼女の後方には、ヘレナ、ガーランド、アーク、ノクトがいる。

「あっ、フィーナさんとヘレナさん」

「たーいちょー！」

「ノクト様もご無事でぇ……」

カイトが二人の名前を軽く呟き、ラピィが手を振ってセレスはホッと胸を撫で下ろす。

「待って、俺もいるんだけど。誰か俺の心配してくれね？」

「「えっ、いたの？」」

誰にも名前を呼ばれなかったアークがおちゃらけてそう言うが、ラピィとセレスは冷たく返す。

「終(しま)いには泣くぞゴラァッ⁉」

そんなツッコミをしているアークの下では、ティアが不服(ふふく)そうにしていた。

『なんだね、この子たちは？　人の頭に乗りながら騒いで……』

残念ながらこの場にティアの言葉を理解できる者がいなかったため、その呟きは誰にも届かなかった。

「でも早かったですね？　師匠に言われてから、一日で全員見付けてくるなんて……」

カイトがそう言うと、フィーナは呆れた様子で溜息を零す。

「ああ、やっぱりこいつ、アヤトのだったの？」

それにミーナが頷くと、アークがへらへらと笑いながら事の経緯を説明した。

「いやー、最初は俺と隊長、フィーナちゃんとヘレナちゃんでいたんだけどさ、そこにいきなりこの熊が現れたわけよ。当然戦おうとしたんだけど、なぜか戦意がない上にやたらと俺たちを背中に乗せようとするから何かと思ったんだけど……」

そこからヘレナが説明を受け継いだ。

「解。このダディベアーからはアヤトの匂いがしたため、アヤトの支配下にあると判断、おとなしく連行されることにしたのです」

「それから途中で僕も見つけてもらって、無事に合流できたんです……この熊さんにヘレナさんが乗ってるのを見た時は、さすがに僕もビックリしちゃいましたけどね」

さらにノクトが説明を引き継いで、アハハと笑う。

メアたちの後ろでは、ユウキが「えっ、男の声？　リアル男の娘？」などと言うが、誰も気に留めない。

「すげぇな、アヤト……普通の熊どころか、こんなデカい熊さえ手なずけちまうのか？」

と感心して呟くメア。

フィーナたちがひとしきり再会を喜びながら情報交換をしていると、いきなりティアがグワッと立ち上がった。

「な、何よ？」

その突然の行動の意図が分からなかったフィーナは、「まさか騒ぎすぎたから怒ったの？」と戸惑いながら呟く。

しかしティアの視線はフィーナたちではなく、全く別の方角の空に向いていた。

「……これは」

ヘレナも目を見開いて、ティアと同じ方向を見る。

『マズいね、これは……！』

ティアが歯を剥き出しにして低く唸ると、カイトたちは何が起きているのか分からずに動揺する。

そしてそんな中、ヘレナたちの見つめる空の先から、空気を震わせるほどの咆哮（ほうこう）が放たれた――

第13話　竜の出現、そして……

魔族の集団に突っ込んでからどれだけの時間が経ったのだろう。

「アヤト、もうこれくらいでいいだろう？　私たちの目的はグランデウスの排除なんだし、これ以上攻撃してくる奴もいない」

俺と一緒に戦場に出ていたペルディアが、俺の名を呼びながら提案してくる。

たしかにペルディアの言う通り、根性のない奴は既に逃げ、腕に自信のある奴はあらかた片付けた。

「そうだな……だけど、自分の集めた部下が壊滅状態だってのに、未だにグランデウスが出てこないのはなんでだ？」

俺はそう言いながら、近くで膝を突いて放心状態となっていた魔族の男の額を、人差し指で軽く一突きしてやる。

男は「あぅ」と小さく短い声を漏らして倒れてしまった。

そんな俺の行動を見ていたペルディアは、「コラコラ」と軽く注意しながら、俺の疑問に答えようとする。

「奴の考えていることは分からんな。だが性格上、このまま何もしないということはないだろうし――」

『グオォォォオオォッ‼』

ペルディアの言葉を遮るようにして、凄まじい震動と共に何者かの叫び声が響き渡った。

あまりのうるささに俺は小指を耳に突っ込むが、隣にいたペルディアは両耳を塞いだ上に膝を突いていた。

その体は尋常ではないほど震えており、表情も恐怖に引きつっている。

「大丈夫か？」

「っ⁉」

俺は叫び声が途絶えたタイミングでペルディアに駆け寄って肩に手を置こうとするが、反射的に弾かれてしまう。

「あっ……」

それは無意識の行動だったのだろう、ペルディアは悲しげな表情を浮かべる。

しかしその表情は一瞬で緊張したものに変わり、先ほどの声の発生源──俺の背後の上空へと視線が向けられた。

俺も同時に振り返ってそちらを見る。

第一印象は、『空が覆われている』だった。

魔族大陸の空は元々薄暗いのだが、翼を広げたソレが、そちらの方角の空をすっかり隠してしまっているせいで、かなり暗くなっている。

──そう、そこにいたのはまさにドラゴンだった。

その全身は純白で、白い鱗が僅かな日光に反射してキラキラと輝き、どこか神々しく見えた。

『グオォォォォォッ‼』

こちらと目が合ったためか、白竜はさっきよりも大きな咆哮を放った。

音の波が直接衝撃として叩き込まれ、思わず一歩後退してしまう。

敵対する相手に緊張したのはいつぶりだろうか……

そう思いながら身構えている間に竜は降下し、俺たちの目の前に着地した。

ズドンという轟音と共に地響きが起こり、同時に砂嵐と錯覚するほどの突風が襲ってくる。

そのあまりの竜の巨大さに、山がそのまま動いているのではないかという感覚に陥ってしまう。自分は所詮、矮小な存在なのだと思い知らされた気分だった。

ふと横を見ると、ペルディアがその場に座りこんでいた。

その顔には絶望が浮かんでおり、生きるのを諦めているかのように見える。

俺は白竜が攻撃してくる前に、ペルディアをお姫様抱っこで持ち上げた。

「アヤト……」

ペルディアが申し訳無さそうに言うが、次の瞬間、白竜が語りかけてきた。

『ついに見つけたぞ、黒い人間っ！』

その言葉は、どうやら俺に向けられたものらしかった。

『あ？　俺のことか？』

『他に誰がいるっ！　貴様が可愛い我が子を奪ったことは、既に分かっているぞ！』

今にも噛み付きそうな勢いで食ってかかってくる白竜。

ペルディアは竜の言葉を理解できないので、ただ吠えているようにしか聞こえないのだろう。相当怖かったらしく、俺の服をギュッと掴んでしがみ付いてくる。

俺は子供をあやすように、ペルディアの頭を抱き締めながら、白竜に問うた。

『あんたの子を？　俺はそんなことした覚えはないが……』

『嘘を吐くな！　その黒目黒髪、黒い服……「あいつ」が言った通りの特徴だ！　お前が召喚とかいう奇妙な術を使って、我が幼い息子を連れ去ったことなど、既に知っている！』

召喚？　召喚した幼い竜……あっ。

該当が一件ございました。

それ……ミーナが召喚したベルのことじゃねえか？　あいつも白竜だし。

心当たりがあることで、何も言い返せなくなって嫌な汗が流れてくる。

俺の動揺を見抜いた白竜は、あからさまにフッと笑いを浮かべた。

『やはりか……貴様ら人間はどこまでも愚かしいとは思っていたが、まさか我が子にまで手を出す度胸があるとはなぁっ⁉』

『いや待て、ステイ。俺たちは何もあんたから奪う気で召喚したわけじゃ……』

と言っても、事故とはいえ人の子供を攫ってきたんだから、これじゃあ言い訳にもならないな……

『そんなの知ったことか！　どちらにしろ、貴様らがしでかしたことに変わりはないだろうがっ！　早く我が子を──』

すっかり頭に血が上った様子の白竜はもはやまともな会話もできないらしく、言葉の途中で頬を膨らませると、何かを口の中に溜め込む。

しかし口の僅かな隙間から火が漏れ出ているので、俺はそれが何の動作かすぐに理解できてしまった。

『返せぇぇぇっ！』

その言葉と共に、白竜の口から吐き出される炎。

俺は咄嗟に、魔術で壁を作って防ごうかと思ったが、嫌な予感がしたので即座に跳び上がって回避。ついでに倒れたままだった魔族も、直前に蹴飛ばして炎の射線から逸らしておいた。

直後、俺たちがいた場所が炎に襲われる。

炎が去った後の地面はドロドロに溶かされ、マグマのようになってしまっていた。

『どこだ、どこに行った人間！　直前に我の炎から逃げたことは分かっているぞ、隠れていないで出てこい！』

白竜が辺りをキョロキョロと見渡す。

別に隠れているわけじゃない。人間だって地面に落とした小さい砂粒(すなつぶ)は中々見つけられないのだ。この竜の巨体からしたら、俺なんて砂粒サイズ……とまではいかないにせよ、小さくて見つけづらいだろう。

『それか頭に載せたメガネに気付かないタイプだったりしてな』

『なっ⁉』

白竜は眉間(みけん)辺りから俺の声が聞こえたことに驚きの声を上げる。

『この……バカにしおって！』

俺の挑発行為に、白竜は怒気(どき)を隠しもせずに赤く光り始め、身体が熱くなっていく。

……何をする気だ？

俺が離脱(りだつ)しようと立ち上がりかけたその時、地面……というか白竜の身体が大きく揺れ、発光が止まった。

『ぐおっ⁉』

白竜が苦悶の声を上げて倒れかかる。

俺はペルディアを抱えたまま、その場を跳躍して離脱。そしてメアたちがいる丘へと向かった。

するとそこには、いつの間にかやってきていたらしきティアと、その後ろに隠れている人影があった。

こいつがいるってことは、他の連中も見つかったのだろうか。

そんなことを考えていると、俺の姿を確かめたノクトが顔を出す。

どうやらフィーナ、ガーランド、アークもいるらしい。ティアがしっかり仕事をしてくれたようだ。

「え？　アヤト……って、ペルディア様⁉」

俺と一瞬目が合ったフィーナは、俺の腕の中にペルディアがいるのを確かめると、急いで駆け寄ってきて彼女を引き取っていった。

「ペルディア様っ！　……ペルディア様……」

ようやく会えたからか、大粒の涙をポロポロと流すフィーナ。

一方、突然のことで驚いていたペルディアも、それがフィーナだと分かると優しげな笑みを浮かべて頭を撫で始める。

「フィーナも無事だったか……本当によかった」

白竜が出現したというのに、感動の再会でそれさえも忘れてしまっているようだ。

「……そういや、さっきのはなんだ？　あの白竜、途中で攻撃を邪魔されたみたいになってたが……」

そう言って白竜がいた方を見ると、宙に浮かぶ白竜と、同じく宙に浮かぶヘレナがいた。

ヘレナは身体に見合わない大きさの翼を広げ、巨大な竜の腕を二つぶら下げている。

そして白竜はヘレナの姿を見て、驚愕に目を見開いていた。

『力強く艶やかな黒い腕と翼、そして何よりこの威圧感……貴様まさか、黒神竜か……！』

驚いた声を出す白竜。

しかしヘレナは特に大きなリアクションをするでもなく、丁寧にお辞儀をする。

『肯。お久しぶりです、白竜王。相変わらず気が短いようですね』

竜語を喋るヘレナは新鮮だな。

いつもはもう少しテンションが高い感じだが、どこか冷淡な、低い声になっている。

『久しぶり……だと……？　あれからどれだけの年月が流れたと思っている⁉　神によって世界が作り変えられ、人間とかいう種族が増えていき、多くの友が死んでいった！　貴様が、あの黒い悪魔に殺されてから既に億の時が過ぎているのだぞ！　それを『久しぶり』などと……ふざけているのかっ⁉』

ふむ、会話を聞く限りあいつらは知り合いみたいだが……なぜか白竜の方がブチ切れているな。いや、白竜がブチ切れてるのは最初からだが……

『解。ジョークが通じないのも相変わらずですね。もっと柔軟にならなければ、息子さんに嫌われてしまいますよ？』

ヘレナが首を傾げて言うと、白竜が思い出したように目を見開いた。

『そうだ、このようなくだらない話をしている暇はないのだった……そこの人間に用がある。どけ、黒神竜』

『否。どきません。アヤトに用件があるのでしたら、まずこちらでお伺いします。そしてヘレナはヘレナです。もう黒神竜などという名前ではありません』

ヘレナがそう言うと、白竜は口を開けたまま固まってしまった。

ヘレナが相手をしているから安心だと思ったのか、ティアの背後からやっと出てきたカイトたちも、異変に気付いて見上げている。

「あれ……何を話してるんですか……？」

「知り合いみたいだな。あと白竜の方が子供を奪われたとかで騒いでる」

その言葉で会話が一旦止まり、白竜が沈黙していることもあって一気に周囲が静かになる。

「……奪われたって、白い竜……ですよね……」

「ああ、白い竜だ」

カイトも同じく思い当たったらしく、俺と一緒に振り返ってミーナを見る。

当の本人は、汗をダラダラ流しながら顔を青くしていた。

「もしかして……私の、せい……？」

「いや、お前は悪くねぇよ。あれは偶然っつうか、仕方がなかったわけだし……なんならもう、あの学園長が悪いってことにしとけ」

茶化す感じでそう言ってはやるが、あの白竜が怒った原因が自分だと知ってしまったミーナの震えは止まらない。

と、その時……

『ふざけるなぁぁぁっ！』

白竜が急に叫び出した。

突然の凄まじい衝撃波で、吹き飛ばされそうになるカイトたち。

そんなみんなを庇うようにして前に出たティアが、四つん這いの状態で話しかけてきた。

『おいおい相棒……さすがに竜が出てくるとは思わなかったよ』

『俺もだよ。魔王を倒しに来たつもりが、裏ボスに鉢合わせした気分だ……』

『うらぼ……？』

何のことか分からなかったのだろう、不思議そうにするティアに『なんでもない』と言って会話を一旦区切る。

そして衝撃波が途切れたタイミングで、ティアの近くに空間魔術の裂け目を作った。

『こいつを通ればお前のねぐらに戻れるようにしてある。ここにいても危ないだけだろうから、帰ればいい』

『……ハハッ、ああ、戻らせてもらうよ。これ以上いたら、身が持ちそうにないんでね。全く……予想以上にとんでもない奴を相棒にしちまったみたいだ』

ぶつくさ言いつつも、ティアは素直に裂け目の中に入っていった。

裂け目を閉じた俺は、カイトたちの方を見る。

「ここからは見ての通り、命懸けだ。竜まで出てきて、下手をすりゃ魔王よりも危険な状況かもしれない……その上で聞こう。魔空間の中に避難するか、それともこの場に残るか」

俺としては、もちろん残ってほしくない。

危険な場所に連れていくのもまた修業の一環ではあるが、やり過ぎて弟子を殺すのは愚か者のすることだ。

だが、それでもカイトたちが付いてきたいと言うのなら、俺のできる限りでこいつらを守りながら戦ってやろうと思う。

俺の問いかけに沈黙が流れる――かと思いきや。

「俺は残ります」

カイトが躊躇なくそう答え、リナも言葉にはしなくとも、カイトの横に並ぶ。

「じゃあ、俺もっ！」

「あの竜とアヤト、どっちが強いか見てみたい」

メアが元気よく手を挙げ、ミーナもフッと笑いそんなことを言う。

「お前ら……自分の命が懸かってんのに、よくそんな簡単に言えるな？」

呆れてそう言うと、メアたちは揃いも揃ってニッと笑う。

「アヤトが守ってくれるって信じてるからな！」

「いい笑顔で余計なプレッシャーかけるのやめろ」

そういう信頼は本当にいらないと思う。

ちらりとユウキに目を向けると、憎たらしい笑みを浮かべていた。

「ま、アヤトなら竜相手でも、俺たちを守るなんて余裕じゃないか？」

だから無駄にハードル上げんなって……

でもここで守れないなんて言ったら、こいつらを育てる師匠として情けない。

それに……俺は自分の身だけでなく、誰かを守れるようになるために鍛えてきたんだ。

それができないなんて、こいつらに言う前に、自分に言いたくない。

「……まったく、しょうがねえ奴らだな！」

なんて言いつつ、カイトたちをそのままにして背を向ける。

後ろから「ツンデレかよ」なんてユウキの声が聞こえてきたが、無視しておく。

そしてノクトたちも、当然のように俺の横で武器を構えていた。

白竜たちの方を見れば、未だに言い争ってはいるものの、戦闘は始まっていない。

『名を与えられただと……貴様、我らが名を与えられるということがどういうことか分かっているのか⁉』

『肯。分かった上で、彼に名を付けてもらいました』

ヘレナがこっちを見てくる。

え、何？　何のこと？

『っ……よりによって人間に……下等な人間に竜種が降るなど、恥を知れっ！』

その言葉をきっかけにして、白竜はヘレナへと飛びかかって噛み付こうとした。

ヘレナがそれをヒラリと軽く避けると、白竜は憎々しげに吐き捨てる。

『あの男に殺されて、竜種の誇りを捨てたか⁉』

『解。それ以前の問題です。ヘレナは竜であることをやめ、人間と共に生きることを決めました』

白竜は空中で水平方向に一回転して尻尾を振り回すが、ヘレナは翼を一回羽ばたかせると一気に上昇した。

白竜もそれを追いかけて上昇し、どちらの姿もほとんど見えなくなってしまいそうになる。

「おー、追いかけるの面倒臭ぇな……」

「……いや、なんか普通に言っちゃってるけど、そもそも追いかけられるのかよ。前もジャンプしたかと思ったら、飛んでた飛行機に乗っちゃったし、相変わらず滅茶苦茶だよな……」

ユウキの言葉にそんなこともあったなーなんて思いつつ、もう少し見守ることにした。

しかし思っていたよりすぐ、誰かが落ちてきた。

……ヘレナだ。

「……むぅ」

落ちてきたヘレナはさほどダメージを受けていないように見えるが、頬を膨らませていじけている。

『ハーハッハッハ！　どうした、黒神竜……昔の圧倒的な力はどうした？　そこらの若い竜の方がまだ強いんじゃないか？』

そんな嘲りの言葉と共に、白竜が降りてくる。

おっ？　ここからだいぶ離れたところに降りたな。

その言葉を受けたヘレナは立ち上がり、もう一度空へと飛び上がった。

『否。ヘレナはまだ本気ではありません。今のはほんの十パーセントといったところです』

『負け惜しみか？　だが何とでも言え、貴様を殺してしまえばもう終わりなのだからな！』

白竜は再び口を膨らませて、炎を吐こうとする。

『復活して早々悪いが……死ね』

白竜が落ち着いた口調で言いながら、口を大きく開き――

『そこに俺がアッパァァーッ！』

俺は竜語でそう叫びながら、白竜の顎に宣言通りのアッパーを喰らわせる。

『――グハァッ⁉』

モロに喰らった白竜は上を向くことになり、炎のブレスは何も無い空へと綺麗に舞い上がっていった。

「謝。ありがとうございます、アヤト。おかげでアヤトから頂いた服が燃えずに済みました」

相手が俺だからか、普通に人の言葉を話すヘレナ。

「……お前自身は無事なのかよ。だったら助けなくてもよかったか？」

「ヘレナの裸がお望みなら、それでもいいですが……」

まぁ、ヘレナは自分の体を抱き締めてクネクネする。

ストックしてる俺の服をまた要求されるよりはマシか。

『クッ……なんだ、この威力は……今何をした、人間⁉』

顎を攻撃された痛みでよろける白竜は、そう言って俺を睨む。

俺はそれには答えずに、ヘレナと並んで白竜と対峙した。

「問。手を貸してもらえますか、アヤト」

「おう。誰かと共闘するなんて久しぶりだから、少しワクワクするな」

「肯。敵対は嫌ですが、アヤトと肩を並べるというのはこれほど嬉しいものなのですね」

俺がニッと笑うと、ヘレナもまた嬉しそうに笑う。

するとそんな俺たちの態度に腹が立ったのか、白竜が歯を剥いて唸った。

『貴様ら、ふざけるのも大概に――』

しかしそんな白竜の言葉を遮るように、俺とヘレナは合図もなしに同時に走り出す。

途中で俺は跳躍し、一方でヘレナは腕を巨大化させ、白竜の足を殴ってバランスを崩させる。

『――し……なぁっ⁉』

大きくよろめいた白竜の顔面を、俺は少し強めに殴った。

さらに反対側に傾いた白竜に対し、ヘレナが腹部を殴り上げる。

『クソッ……いい加減にしろ、このカスどもがっ！』

白竜は一吠えすると、身体を赤く発光させ始める。さっきの技か？

「アヤト、アレが放たれると、辺り一帯が火の海になります。そうなったら、多少離れているとはいえカイトたちが巻き添えになってしまいますので、このタメの間に彼女を怯ませてください」

「本人の目の前でゲームのチュートリアルみたいな分かりやすい説明をありがとよ。っていうか、女なのかよ、こいつ」

いらん情報が増えたのはさておき、早速白竜に追撃をかける。

今度は一発だけじゃなく足から頭にかけて、内部にダメージを与えるように打撃を加える。

『ぐ……あぁぁぁっ！　何を、したぁ……人間っ⁉』

白竜は苦しそうに蹲り、その上に俺が乗ると同時に発光が収まった。

成功したか……って、本当にゲーム感覚だな、これ。

そしてゲームにありがちだけど、やっぱ竜ってのは耐久力が凄い……っと？

『この程度で我がどうにかなると思っているのかっ⁉』

白竜が一気に起き上がったことで、俺は上空に打ち上げられてしまった。

「ハハッ、逆バンジーってか？」

気楽にそう言ってる間にも、白竜は口を開けて俺に向かって飛んできていた。

俺は空間魔術で空間の一部を固定して足場を作ると、反転して蹴り出し、加速をつけて降下する。

空間魔術は基本的に、別空間を作ったり繋げたりするのがメインの使い方だが、このような使い方もできるのだ。

恐らく想定外の動きだったのだろう、白竜が間抜け面をしていたので、顔面に踵落としを喰らわせてやる。

『――っ⁉』

割と力を入れて蹴ったからか、白竜は呆気なく地面へと落ちていった。

『クソッ、クソッ！　なんだ、これは⁉　なぜただの人間がこのような力を持っている⁉』

相当悔しいのか、立ち上がった白竜が地団駄を踏んでそう言う。

なんだか、色々と哀れになってきたな……

子供みたいな白竜の動作に、そう思ってしまう。

『解。例の悪魔を従えているのです、当然の結果でしょう』

ヘレナが零した言葉に、俺は「あっ、バカ……」と呟く。

その言葉を受けた白竜は、怒りで体を小刻みに震わせる。

『そう、か……そうか……』

愕然とした様子で、同じ言葉を繰り返す白竜。

すると白竜は眉間に皺を寄せた顔を上げる。

『貴様ら全員、グルだったかっ！』

どうしてそうなる、などと反論もさせてもらえないまま、白竜が襲いかかってきた。

「まったく、余計なこと言いやがって！」

「謝」

悪態をつきながら攻撃を躱す俺に、ヘレナが一言だけ返してくる。謝る気があるのかと文句の一つも言いたかったが、白竜が容赦なく噛み付いたりしてくるので説教する暇などない。

後でデコピンしてやろうと密かに思いながら、俺は迎撃に移った。

大口を開けてきた白竜に、俺とヘレナは同時に顎下を潜り抜ける。

そしてそのまま俺が腹部を蹴り上げて、ヘレナが巨大化させた腕で殴りつけた。

「告。アヤト、今です！　必殺技を！」

何、必殺技って⁉

優勢だからと言って、なぜここでふざけるんだ……やはりヘレナの頭の中はお花畑なのか？

とか思いつつも、悪ノリしたくなるのが俺である。

「だったら見せてやるよ、俺の必殺技を！」

右手に竜化させた籠手を出現させ、魔力を込めながら右腰まで持っていく。ついでに左手も添えておく。

「かぁ～～～……って、いちいち技名言うかよバァァァァカ！」

技名と共に放つと見せかけてフライングでビームを放った。学園の対抗模擬戦でエリーゼと戦った時にうっかり出てしまったアレだ。

至近距離からだったにもかかわらずビームは鱗を貫けず、しかし白竜の巨体を持ち上げていく。

『グオッ⁉　これは竜の……！』

「さらにサービスで出力アップゥッ！」

白竜が何か言いかけていたが、右腕に左手を添え、さらに魔力を込める。

するとボッ！　という音と共にビームがさらに太くなり、浮かび上がった白竜をさらに打ち上げ、ついにはその全身を包みこむほどになった。

『ガァァァァッ⁉』

白竜の悲痛(ひつう)な叫びが響き渡る。

そろそろかなと籠手から出ているビームを止め、白竜が落ちてくるのを待つ。

完全にぐったりとした白竜は、凄まじい勢いで地面に落ちて地鳴りを起こした。

ビームを受けた胴体は先程までの白さはなく、赤黒く焼け焦げている。

『少しは話を聞く気になったか？』

『話……何を……悪魔の仲間の言葉など、聞いて……たまるかっ！』

気合を入れ直したのか、白竜は勢いをつけて起き上がる。これでもまだやる気とか、本当にタフだな……

対等に話そうとその場から跳躍しつつ、白竜の顔と同じ高さの足場を土魔法で形成、着地する。

『……どういうつもりだ？』

『決まってるだろ、話し合いだ。あんたの息子はちゃんと返すさ……というかそもそも、誰にそそのかされたんだよ？』

『さぁな、名は知らんが何もかもが白い少女だった……だが貴様はたった今、坊やが貴様の元にいることを認めた！　ならばあの少女が正しく、貴様の言葉は信じるに値しないということだ！　貴様を殺し、坊やを取り返してみせるっ！』

あまりに支離滅裂だが、一つ引っかかる単語があった。

『白い少女』。それは魔空間を出る際に、気を付けるようにシトから注意された存在だ。

あの言葉と白竜の言葉を併せて考えると、その『白い少女』とやらが白竜を俺たちにけしかけたということになるが……

……なぜだ、嫌な予感が止まらない。

目の前の白竜から敵意を向けられる中、俺はカイトたちのいる丘に目を向ける。

敵意や殺意を発する存在は、特に近付いていないはずだ。

だがしかし、とてつもない悪意の存在を感じた。

そして丘の上の光景に、俺は絶句する。

「……な……ん……」

俺たちの戦いを見ていたであろうメアたちの奥に、見慣れない人影が二つあった。

――言葉が上手く出てこない。頭が回らない。

一人は背の高い男の魔族。もう一人は髪や服、肌までもが白い少女。

――呼吸が苦しい。心臓の鼓動が速まる。

その少女が、邪悪な笑みを俺に向けている。

――これまでにない怒りが、フツフツと湧き上がってくる。

そして真横に真っ直ぐ伸びた彼女の腕は、カイトの胸を貫いていた。

『我を目の前にして余所見とは、どこまで愚弄するかァァッ！』

白い少女に気を取られすぎていた俺には、大きく口を開けて襲いかかってくる白竜の声は届いていなかった。

第14話　突然の死

それは、アヤトが再び白竜に向かっていってから少し経った時のこと。

カイトたちは、遠目でも分かるほどのアヤトたちの激闘を目にして体をぶるりと震わせた。

「あの……やっぱりアレって本物の竜ですよね？」

「ですね。私も昔に何度かお目にかかったことがありますが、たしかにアレは本物の竜ですよ」

カイトの疑問に、ランカが答える。

「ほう、元魔王である私ですら滅多に見ることはないというのに……ランカは物知りなのだな」

「フハハハッ、それも当然でしょう。我が名は深淵を覗きし者、ラン――」

ペルディアに褒められて上機嫌なランカの言葉を、フィーナが遮った。

「ちょっと、それはもう分かったから黙りなさいよ」

「ふふん、嫉妬ですか――あいたっ！」

調子に乗って煽ったランカは、フィーナに頭をはたかれる。

「こらフィーナ、弱いもの虐めはやめるんだ」

「でっ、でもペルディア様……」

ペルディアに怒られてしょんぼりするフィーナを見て、普段の強気な彼女からその姿が想像できなかったメアたちは呆然としていた。

「……フィーナ、本当に好きなんだな、ペルディアって人のこと」

メアが笑みを浮かべながらそう言うと、リナが微笑んで頷く。

「少し、羨ましい、な……あれだけ、想ってる人がいる、なんて……」

「……いや、俺たちにもいるだろ？」

カイトはそう言って、白竜と激戦を繰り広げるアヤトを見つめる。

「……うん、そう、だよね……師匠、強いだけじゃなく、て、優しい、もんね……」

そんなカイトたちの会話に、ユウキが混ざってくる。

「なぁ、アヤトは師匠としてちゃんとやってるか？　……ほら、さっきはアヤトが答えちゃっただろ？　実際のところどうなのよ」

「そりゃあ、もちろん――」

「やってねえな！」

カイトの言葉を遮り、ハッキリと否定の言葉を口にするメア。

驚くカイトを横目に、メアは言葉を続けた。

「何せアヤトの修業って、回復魔術を使うのを前提でやってるんだぜ？　普通じゃないだろ、絶対」

「ん。最初の頃なんて、デコピンで死ぬかと思った。メアが風車みたいに飛ばされたのは少し面白かったけど」

メアとミーナは文句を言いつつも、笑顔で話していた。

その様子を見て、ユウキは心配する必要はなかったかと判断する。

するとそこへ、ペルディアたちがやってきた。

「弟子、か……私もフィーナにいくつか魔術を教えたことはあったが、そういう関係ではないな」

ペルディアが顎に手を当てて呟くと、フィーナがその腕に抱きつく。

「師弟なんておカタい関係より、あたしはこっちの方がいいです！」

テンションの高い敬語口調のフィーナに、昨日までの彼女の態度を知っている者が苦笑した。

そんな中、カイトはリナの方に振り向きながら口を開く。

「この戦いが終わったら、俺も――」

そして言葉の途中で、見知らぬ二人がリナの後ろに佇んでいることに気付いた。

一人は白髪をオールバックにして、サメのように尖った歯を持つ魔族の男。

もう一方は白く輝くツインテールに、血管が透けて見えるほどに白い皮膚、露出度の異様に高い服までもが真っ白で、唯一その爛々と輝く目だけが赤い少女だ。

カイトは状況を呑み込めずに固まってしまうが、その二人の後ろに見覚えのあるものを見つける。

それは、アヤトが使っていた空間魔術の裂け目。

そして二人の妖しい笑みを見たカイトは本能的に「危険」と判断した。

同時に白い少女が右手を貫手にして後ろへ引き絞ったため、カイトは咄嗟にリナの体を突き飛ばす。

「……えっ？」

なぜ自分が突き飛ばされたのかというリナの疑問は、直後に氷解した。

こちらを突き出した姿勢のままのカイトが、白い少女の腕に胸を貫かれたのだ。

一方で胸を貫かれた当の本人は、思考が加速していくのを感じていた。

それはまるで走馬灯のように、これまでの思い出が次々に頭に浮かんできている……というわけではなかった。

カイトの頭の中に浮かんでいたのは、さっきリナに言いかけた言葉の続きだった。

――俺ももっと師匠に鍛えてもらって強くなりたいな。

そしてカイトの意識はそこで途絶えた。

☆★☆★

時を同じくして、アヤトたちが住んでいた屋敷では……

――パリンッ！

「「あーっ！」」


何かが割れる音と共に、二人の少女が同時に声を上げる。

それはメイド服を着た魔族のウルと、巫女服を着た鬼の亜人のルウの二人だった。

二人の視線の先にあるのは、床に散らばっている割れた茶碗の破片。

「二人共、割れたものに触ってはいけませんよ。あとは私に任せてください」

「「エリーゼ様！」」

そこへメイド服を着た女性――エリーゼがやってきた。

「兄様たちが使う茶碗、壊しちゃったです……」

そう言ってあからさまに落ち込むルウの背中を、ウルがよしよしと撫でる。

「ウルも一緒に謝るの。二人で怒られるの」

「ありがとうです、ウル……」

ルウは目に涙を溜めながら、お礼の言葉を口にする。

そんな二人の頭を、エリーゼは撫でてあげた。

「大丈夫でございます、それくらいでアヤト様は怒りませんよ。それに、この茶碗は自然に落ちたように思えますが……」

エリーゼはそう言って、地面から割れた破片の一つを拾い上げる。

そこには『カイト』と書かれた文字があった。

「これは……アヤト様がカイト様用にと書いたものでしょうか……？　あまりこういう迷信じみたものは信じないことにしているのですが……」

嫌な予感を覚えたエリーゼは、窓の外の空を見上げ、アヤトたち一行の身を案じるようにそう呟くのだった。

☆★☆★

「……え……カイト、君……？」

目の前で胸を貫かれ、ピクリとも動かなくなったカイト。

リナはその光景が信じられず、尻もちをついた状態で弱々しく呟く。

「い、いや……嫌……うぅっ⁉」

そんな彼女を気にかける様子もなく、白い少女は無造作に振り払うようにしてカイトから腕を抜く。

支えを失ったカイトは、人形のように力なく地面に転がった。

その姿を見た者全員が、何が起きたのか理解できないままに一歩後ずさる。

そして追い討ちをかけるように、魔族の男が白い少女に声をかけた。

「この者たちも殺しますか、白様？」

手の平をこちらに向けながらのたまう彼に、ペルディアが臨戦態勢に入る。

「貴様……グランデウス……‼」

「何⁉　こいつが……！」

ペルディアのその言葉を受けて、メアたちも武器を構えた。

しかし白い少女は一瞥しただけで、別の方向を向いて答える。

「必要ないわ。もう彼は来るもの」

そう言って歪んだ笑みを浮かべる白い少女。

次の瞬間、突風がメアたちの間をすり抜け、白い少女の前にヘレナが現れる。

そして彼女はカイトの亡骸としゃがみこんでしまっているリナを回収すると、目線を白い少女とグランデウスから逸らさないまま、メアたちに告げた。

「告。全員ここからの離脱を推奨します」

そしてその言葉と同時に、隠し持っていた紐で仲間たちを拘束し、皆を連れて即座にその場を離れた。

白い少女はヘレナを一瞥するが、何かしようとする素振りはなかった。

「な、なん……なんで⁉　なんで逃げるんだよ！」

納得できないメアが、引っ張られて空中に浮きながら叫ぶ。

「あいつ、カイトを殺しやがった！　どれだけ強いかは知らねえけど、このまま逃げるなんて――」

「逃げるのはあの少女からではありません……アヤトからです」

ヘレナがそう言うと、彼女たちの後ろに大きく口を開けた白竜が現れる。

「っ⁉」

しかし白竜は彼女たちを襲おうとしていたわけではなく、そのまま追い越すように上を通り過ぎていった。不意を打ってアヤトに攻撃したつもりが、カウンターを喰らって吹っ飛ばされたのだ。

そしてそのままヘレナたちの進行方向に着地し、ようやく止まった。

ヘレナは思わず振り返り、さっきまでいた丘の上に目を向けると、そちらの方からアヤトの大声が響いてきた。

「あああぁぁぁぁっ‼」

それと同時、丘の上で爆発が起こる。

煙が晴れた後にそこにいたのは、アヤト、白い少女、グランデウスの三人。

アヤトは鬼の形相で白い少女の首を鷲掴みにしていた。

「アッハァ、いいわ！　その全身を刺すような殺意……ゾクゾクしちゃう！」

「テメェだけは……ぶっ殺すっ！」

アヤトは拳を握り締め、一撃を放つ。

そのあまりの威力に、喰らった少女は丘から叩き落とされた。

「フハハハハ、凄まじい力だな、勇し――」

その光景を見ていたグランデウスが話しかけるが、虫の居所が悪かったアヤトによって、こちらも拳を入れられる。

そのまま頭部を失ったグランデウスは、力なく落下していった。

アヤトは自らも丘から飛び下り、白い少女が落下した辺りへと向かう。

「クフ……クフフフフッ！」

アヤトがそこに近付いた途端、陥没した地面の底から、笑い声と共に白い少女が出てきた。

その姿をアヤトに見せた時は左肩から先を失っていたのだが、穴から出てくる頃にはすっかり再生して元通りになっている。

アヤトは歯軋りをしながら収まらない怒りを露わにしていた。

「何が、おかしい……!?」

「アハッ、『おかしい』んじゃなくて『面白い』のよ。悪魔の体は普通なら決して傷付けられるほどヤワじゃないの……なのに、今の傷！　痛み！　重い腰を上げた甲斐があったわ……」

白い少女は幼い見た目とは裏腹に、恍惚とした表情でゾクゾクと体を震わせていた。

「悪魔だと……？　目的は俺か？　ならなんでカイトを殺した⁉」

「カイト……？　ああ、あの女の子を庇った勇敢な男の子ね？　別に誰でもよかったんだけど……あなたが連れてきた子を殺してあげれば、あなたは本気で私を殺しに来てくれるでしょ？」

その言葉を聞いたアヤトは驚きのあまり、目を見開いて固まってしまう。

そしてその隙に、グランデウスが頭部を再生させて、背後からアヤトに近付いていく。

「クハハハハッ！　いやいや、さすがは白様が見込んだ勇者……この俺が、殺されたことにすら気付かなかったよ……」

余裕の笑みを浮かべて近付くグランデウス。しかしアヤトは振り返ることもせず、白い少女をひたすらに睨んでいた。

「テメェ……！」

「クフフ、でもいいの？　こんなことしてて……たしかに私はあの子を殺したけど、まだ間に合うかもしれないのよ？」

その言葉に、アヤトの殺気が一層濃くなるが、白い少女は気にする様子もない。

そしてそのまま飄々と言葉を続けた。

「あなたが連れていたヘレナちゃん……あの子に聞けば、蘇生方法が分かる……かも？

クッフフフフ……！」

挑発するようにそう言う白い少女。

アヤトは眉間に皺を寄せながら問いかける。

「……その間、お前らが大人しくしてるって保証は？」

「クフフ……」

「クハハ……」

アヤトの前後で白い少女とグランデウスは笑い、ハッキリと同時に答える。

「ないわ」

「ないな」

と、その時、先ほどアヤトに殴り飛ばされた白竜が戻ってきた。

『まだだ！　貴様の喉元を食い千切るまで、我は何度でも貴様の前に立つ！』

『……おい、竜。俺は今、虫の居所が悪いんだ……後で相手してやるから待ってろよ』

苛(いら)つきを隠しもせずにそう言うアヤト。

『虫の居所が悪いのはこちらの方だ！　貴様が我が子を奪ったくせに……！』

「あら、大層ご立腹(りっぷく)ね？」

ニヤニヤとした笑みを浮かべながら、白い少女はそう言った。

「……そう言えば、この竜はお前がそそのかしたんだってな？」

白竜の方を見ず、そのまま白い少女の方を向いたまま問いかける。

「ええ、そうよ。私って親切でしょう？」

白々しくそう言ってクスクスと笑う白い少女。

「なるほどな……俺がこの竜の相手をせざるを得ないことを分かってて誘導したわけか」

「クフフ、分かってるじゃない。さぁ、あなたの本気がどれだけか……見せて」

白い少女がそう言うと同時に、白竜がアヤトに向けて炎を吐こうとする。

しかしアヤトは白竜が炎を吐くより前に、顔面狙いで竜化した籠手からビームを放った。

『――っ⁉』

さっきよりタメが短い分威力は弱いが、それでも白竜は声にならない悲鳴を上げ、顔を覆う。

続いてアヤトは白竜の真下まで移動すると跳躍、腹部へとダメージを与えた。

その衝撃は凄まじく、白竜の体が若干宙に浮く。

『なっ……ただの物理攻撃で我を浮かせるだと⁉』

アヤトは白竜の問いかけに答えることなく、今度は白竜の顔の前に跳び上がる。

そしてトドメとして、空間魔術で足場を作りつつ、全力で蹴り飛ばした。

全力を込めたおかげで、白竜はまたしてもかなりの飛距離を吹っ飛ぶことになった。

第15話　白い部屋

【ヘレナ】

俺は竜を蹴り飛ばした後、空中にいる間に念話を送る。

【……解。どうしましたか、アヤト】

どこかためらった様子で返してくるヘレナ。少し声が震えているような気がするが、今はどうでもいい。

【白い奴が言っていた、お前はカイトを蘇生できると……本当か？】

【肯。しかしヘレナだけでの蘇生は不可能です】

曖昧な返答に、思わず眉をひそめてしまう。

……焦りがこうも体に表れるとは、自分でもビックリである。

分かってる、今の自分が冷静じゃないことくらい。

そう思って大きく深呼吸をする。

あの白い奴の言葉は嘘ではなかった。ヘレナからも言質(げんち)を取った。

ただ気になるのは、『ヘレナだけでの』という部分だ。

【……何が必要だ？】

回りくどいことは言わず、ストレートに聞いてみる。

【解。それではアヤト、私たちのいる場所に帰ってきてください。代わりにノクトをそちらへ向かわせます】

【分かった】

すぐに返事をし、念話を切った。

地面に降り立った俺は、目の前で相変わらず腹立たしい笑みを浮かべる二人を睨みつける。

名前も知らない白い少女と、聞き覚えがある声の魔族の男……こいつがおそらくグランデウスなのだろう。

カイトを直接殺したのは少女の方だが、グランデウスも確実に共犯だし、許す気はない。

成り行きで魔王討伐なんて話になっていたが、今となっては確実に殺さないと気がすまなかった。

しかしそれよりも先にヘレナのところまでいかなくては……！

俺が二人と睨み合いを始めてから三十秒もしないうちにノクトがやってきた。

「お待たせしました、兄さん！」

早いな、さすが勇者を二度もやっているだけある。

「ここは僕に任せてください！」

そう言ってやってきたノクトの手には、見たことのない大剣が握られていた。

実は収納能力を持っていたのか、合流するまでにどこかで拾ってきたのか……

気になるといえば気になるが、この場は何も言わずノクトに任せることにした。

「なるべく早く戻ってくる……死ぬなよ」

「……うん！」

力強く頷くノクトに背を向け、ヘレナたちの気配がする方へと向かった。

「アヤト……」

辿り着いた俺を、メアが今にも泣きそうな目で見る。

傍らには、胸を中心に血塗れで動かないカイトと、その上で嗚咽を漏らすリナの姿があった。

「わたっ、しを庇って……」

リナが顔を上げて俺を見ると、その悲しみに染まった素顔が少し見える。

俺はリナの頭をポンポンと軽く叩いてから、ヘレナに顔を向けた。

「ヘレナ、俺は何をすればいい？」

少し離れて立っていたヘレナは、さっきまでカイトを抱いていたのだろう、服が血塗れだ。

「解。これからカイトの、肉体的欠損部分を補おうと思っています。しかし今のヘレナでは力が及ばず……なので、アヤトに協力していただければ」

「そういうのはいい、何をすればいいかだけを教えろ」

俺は急ぐあまり少し乱暴な言い方をしてしまった。

「了。では……」

だがヘレナはそんな俺の態度を気にする様子もなく、こちらへと近付いてきて――

「……ん」

俺に唇を重ね合わせてきた。

……は？

あまりに突然な展開に、俺は思考停止してしまった。

なんだ……なんで？　この状況でキスを？

数秒経ってようやく思考が復活し、そんな疑問が頭に浮かぶ。

メアをはじめ、周囲の奴らも目を丸くして驚いていた。

それもそうだろう、他人から見れば『こんな時に何してんだ、こいつらは？』となるのも当然だ。

それを告げようにも、口が塞がれていてはどうしようもなかった。

……いっそ突き飛ばすか？

なんて思っていると、妙な声が頭の中に響き渡った。

【最終プロセス実行……奪われた『黒神竜』の力を、契約主である小鳥遊綾人を通して『災厄の悪魔』から回収に成功。取得率が小鳥遊綾人に譲渡した分を除き八十％を超えました……完全な竜体への変化が可能です】

機械音声のような、感情の起伏が感じられない声。

その声と同時に、何かが俺の体から口を通してヘレナの方へと流れていくのを感じた。

機械音声も不思議な感覚も消えたところで、ようやくヘレナが離れる。

ヘレナは恍惚とした表情で唇に指を当て、艶めかしい雰囲気を出していた。

「これがお前のやりたかったことか？」

このままだと話が進まなそうだったので、俺からそう切り出す。

「……肯。これだけ力が戻れば……しかしこの方法は絶対ではありません。不測の事態が起きる可能性もあります。それと……」

そこで言葉を切ったヘレナは表情を引き締めた。

「カイトはもう人間ではなくなります」

「「「……え？」」」

その言葉に、今まで呆けていた奴らが声を漏らす。

しかしヘレナは、誰からもストップがかからないのをいいことに、早速作業に入ろうとしていた。

「告。先ほども言いましたが、ヘレナが今からやろうとしているのは、カイトが失った心臓や肉体の一部に竜の血肉を分け与えることで埋めるという方法です。ですがこれは、竜の肉が人間の肉へと変化するのではなく、混ざるだけ。何かしらの副作用が発生する可能性が大です……この方法は過去に一度だけ試したことがあるのですが、その時は相手が竜だったため問題はありませんでした。ただ、今回は人間です」

説明をしながら、ヘレナは穴の開いたカイトの胸の上に手をかざす。

そしてヘレナの腕が溶け出したかと思うと、カイトの欠損部分に流れ込んでいった。

「竜の肉……特にヘレナの体はその中でも特別製です。恐らくですが、何事もなく終わるということはないでしょう……」

そう喋っているうちに作業が終わったのか、ヘレナはカイトから離れる。

カイトの胸は、傷などなかったかのように綺麗になっていた。

「告。これで完了のはずですが……」

そう宣言をするヘレナ。しかし……

「特に変化はない……か？」

俺は未だに目を覚まさないカイトに近付いて脈や呼吸を調べるが、息を吹き返した様子はなかった。

「告。ここからがアヤトにやってほしいことです」

ヘレナはそう言って、ある提案をする。

俺はそれに頷いて、早速実行に移すのだった。

☆★☆★

「あーあ、死んじゃったね、カイト君」

まるで取るに足らないことかのように死んでしまったと言い、馴れ馴れしく俺、カイトの名前を呼ぶ少年が、俺の前に浮かんでいた。

辺りを見回しても真っ白で、それだけでなく少年の髪や服も真っ白だ。

正直、かなり距離感が狂いそうである。

うん、なんか夢でも見てるみたいだな……

あまりにも突然過ぎて、誰だろうとか何を言ってるんだろうとかを考える暇がなかった。

「うん？　大丈夫？　まさか体だけじゃなくて、魂も死んじゃってる？」

「ごめん、君が何を言ってるのかよく分からないんだけど……」

体だけじゃなくて魂も死ぬってなんだよ、そんな状態あるのか……

って、あれ？　俺ってさっきまで何してたっけ……？

　なんとかこの場所に来る前のことを思い出そうとする。

「……あっ」

　しばらく考えた俺は、小さく声を漏らし、自分がここに来る前に何をされたかを思い出した。

　いや、思い出してしまった。

　そうだ、リナを庇って白い少女に胸を貫かれて──

　それで俺は……

「……死んだ？」

「おめでとう、正解！」

　人が死んだというのに、明るい感じで言う少年。

　なんで人が死んでんのに嬉しそうなの？

　っていうか、ここはどこだ……まさか……？

　俺が何を言おうとしているのかをなんとなく察したのか、目の前の少年が答えてくれた。

「ここは死後の世界……じゃないよ。僕専用の部屋で、僕が呼んだ人だけが入れるんだ♪」

　嬉しそうにそう言って、何も無い空中に浮き始める少年。まるでココアさんたち精霊王みたいだ……

「ちなみに僕は精霊じゃなくて、みんなが尊敬する神様シトちゃんだよ！」

はあ？　たしかに神様の名前はシトだって言われてるけど……

シトと名乗った少年は顔をこちらに向けつつ腰をくの字に曲げ、ウィンクしながら「てへっ！」と舌を出した。

……どうしよう、どこからツッコもう、これ……

人が死んでいるのにふざけているところとか、自分を神様だと言っちゃうところだとか、あとタイミングよすぎて心を読んでいるんじゃないかとか……もう諸々。

「おっ、混乱してるね～……ってことで、僕自ら君の質問に答えてあげましょう！」

シトが両手を広げてそう言うと、どこからともなくパーンッ！　とクラッカー音が響き渡り、紙吹雪が舞い散る。

驚いて飛び上がる俺を横目に、シトはようやく落ち着いて俺を見てきた。

「それで、何か聞きたいことはあるかな？」

「それじゃあ……」

色々と聞いてみたいことはあるけど、一番気になることを聞いてみることにした。

「シト、さん？　は本当にあの神様なんですよね？　……俺はどうなるんでしょうか……」

俺は死んだ。ならばこの先、どうなっていくのだろう。

沈んだ気持ちでそんな質問をする。

「シトでいいよ。アヤト君からも呼び捨てにされてるからね。それでだね……本来であれば、死んだ人の魂は新しく生まれ変わって別の誰かになるはずなんだけど……君は特別なんだ」

シトは先程よりも落ち着いた声でそう言う。

「俺が特別？」

「そう。まぁ、正確には君自身がじゃなく、特別なアヤト君に関わってる君が、だけどね」

シトはニッコリと笑い、俺の目の前に降りてきた。

「もう彼が話したと思うけど、彼は別の世界から呼んだ人間なんだ。何か使命があるわけでもなく、僕の趣味で連れてきた。彼らの世界では最強だった彼をね」

そう言ってシトは、不敵な笑みを浮かべた。

しかしすぐに表情を切り替えて、純粋な笑顔になる。

「そして彼が選んだ君！　メアちゃんやリナちゃんもいるけど、特に君は彼への憧れが強いと見た！　そして偶然にも、こうして死んでしまったわけだ！」

それの何が嬉しいのか。死んだ本人からすれば、たまったもんじゃない。

すると相当感情が顔に出てしまっていたのか、シトが苦笑いになる。

「ごめんごめん、別にバカにしてるわけじゃないんだ。君が死んだことによって、魂が僕の元にやってこれたってわけ」

「……それで？　俺は特別な生まれ変わり方でもするんですか？」

もう自分が死んでいると自覚してしまっているからか、相手が神様でもそんなに緊張することなく話せていた。

「いや、そんな必要もなく君は蘇るよ。それを含めて特別だって言ったんだ」

俺の質問にシトは首を横に振って答えた。

「アヤト君はきっと君を生き返らせる。彼にはその技術も、技術を活かすのに必要な仲間たちもいる。ほら、ご覧よ」

シトはそう言って、空中に何かの映像を映し出した。

そこには倒れている俺と、俺を囲む仲間たちがいた。

ある者は泣き、ある者は悔しさのせいか下唇を噛んでいる。

みんな、俺のために悲しんでくれていた。

その中には当然神妙な顔で俺を見下ろす師匠の姿がある。

でも、何かをしているようだけど……？

「……あれ、そういえば俺の体に開けられた穴は……？」

「ヘレナちゃんが塞いでくれたよ。彼女自身の血肉を分け与えて」

それって大丈夫なのか？という疑惑の視線に気付いたシトが、肩を竦める。

「そこはまぁ、アヤト君の弟子である君の根性次第かな？何にせよ、僕が君にしてやれることは少ない。だけど、その少ない内の一つを与えるために、君をここに呼んだんだ」

「与えるって……何を――」

「えい」

と、聞こうとしたところで、シトが俺の口の中に何かを放り込んだ。

「――っ⁉」

ソレは喉に詰まる直前まで入ってきて、ギリギリのところでなんとか吐き出す。

「ゲホッゲホッ……何してくれやがるんですか⁉　死ぬかと思ったんですけど！」

「アッハッハ、もう君は死んでるじゃないか！　いやでも、そっか……今ので呑み込めなかったんだね……」

笑ったかと思えば、残念そうに呟くシト。何なの、一体？

「ならしょうがないか……ねぇ、君にソレは何に見えるかな？」

話題を露骨に逸らすような質問をしてくるシト。何って……

先程口から吐き出したものを見ると、丸い玉のように見えた。

しかもそれは手に張り付くようにベトベトしてて、その玉が入っていた口の中にはほのかに甘い感じが残っている。

「……飴玉？」

「……アハッ！」

そう答えてシトを見ると、目を見開いて驚きと嬉しさを合わせたような笑いを浮かべていた。

「そうかそうなんだ……君にとってそれは『飴玉』なんだね！　なーんだ、じゃあ、心配する必要はなかったわけだ」

シトは安心したようにそう言うと、上機嫌にくるくると回って踊り出す。

「やっぱり君を選んで正解のようだ。いやー、そっかそっか！」

しばらく踊った後に俺の目の前でピタリと止まる。

何なんだよ、本当に……

「じゃあ早速、その飴を舐めずに呑み込んでくれるかい？」

「……はい？」

もう一度飴玉を見る。

「舐めるんじゃなく？」

「うん、時間をかけずに素早く呑み込んでくれるかな？」

呑み込むには少々大きい気がするのだが……

「ちょっとさすがにむ――」

断ろうとすると、シトが俺から飴玉を素早く奪い、再び口の中へと放り込んできた。

今度は結構早めな投球で。

「んぐぶぅっ⁉」

――ゴクン。

少し異物感はあったが、飴玉は無事に喉の奥へと落ちていった。

「おぉ、やっぱりやればできるじゃないか！」

「だから……強引過ぎるんだって……」

俺はどっと疲れ、手と膝を地面に突いてしまった。

この強引なところは師匠に似てる気がするな……疲れる要因になってるとは思うけど。

「よしよしよし、ちゃんと呑み込んだね？　これで正真正銘、君も『特別』だ」

特別？　まず何を呑み込ませたんだ？

疑問を口にしようとしたところで、意識が薄れてきた。

「あれ……？　何、が……」

ドクンッと心臓が鳴る音が聞こえる気がする。

「……ああ、そろそろみたいだね」

シトが先程出した映像を見る。そこには……

【ハァァァァッ！】

師匠は映像越しでも空気が振動するくらいの叫び声を上げ、倒れている俺の胸を勢いよく殴っていた。

――ドクンッ！

心臓が再び鼓動する音が、耳の近くから聞こえる。

さすがに意識を保つのは無理だと判断した俺は、ゆっくりと目を閉じた。

「――君がこの先、何者にも負けない強者とならんことを」

シトの言葉を最後に、俺の意識は完全に途絶えた。

第16話　復活

「あ、アヤト……お前は一体何を……!?」

ペルディアが信じられないといったような顔で俺を見る。

今しがた俺は、息をしていないカイトの身体、その胸に打撃を与えた。

「心臓マッサージだ。もっとも、俺のやり方は普通とは違うが」

ヘレナから提案された内容……それは小鳥遊一族直伝の心臓マッサージを行うというものだった。

「告。アヤト、次は手に魔力を込めて打ち込んでください。その方が馴染みます」

「分かった」

ヘレナの言う『馴染む』とは、竜の血肉がということだろうと解釈(かいしゃく)して、すぐに了承する。

魔力を込める……今までやったことはないが、魔法や魔術を放出するのとは違って身体の一点に集中するイメージでいいか……？

魔力の流れを確認しながら、手探り（てさぐ）に調節してみる。

「魔力の量はどのくらいだ？」

「解。めいっぱいで」

ヘレナの言葉を信じ、できる限りの魔力を込めて再びカイトの胸に打撃を入れた。

カイトの身体が地面にめり込む。普通なら死んでしまうほどの一撃だが……

「ハァアァアッ！」

「──カハッ！」

カイトの口から息が漏れ出し、そのまま呼吸が安定する。

「カイト！」

「カイト……ぐんっ！」

メアや涙ぐんだリナが近寄り、カイトの顔を覗き込む。

カイトは目を覚まさないが、安らかな寝顔を見せていた。

脈などを確認してみると、正常に動いている。

「成功、か」

あとはカイトが目を覚ましてどうなるかだな。後遺症（こういしょう）が残らなければいいんだが……

そう思った瞬間、爆発音が耳に届いた。

発生源は白い少女たちとノクトがいた場所のようだ。

「そろそろ戻った方がよさそうだな……」

立ち上がってそちらを向くと、目の前に空間魔術の裂け目が現れた。

「空間魔術？　ってことはノワール……じゃあ、なさそうだな……」

そこから出てきたのはノワールではなく、グランデウスだった。

「待て！」

それを追いかけるようにして、炎を帯びた大剣を持ったノクトも裂け目から出てくる。

随分とボロボロだが……こいつにやられたのか？

「おやおや、白様にあれだけやられたというのに、まだ追ってくる元気があったのか？」

グランデウスが嘲笑じみた顔をノクトに向けると、ノクトは大剣の柄をギュッと握り締める。

「これ以上殺させてたまるか！　もう誰にも、兄さんを失った僕のような思いをさせたくないんだっ！」

ノクトの威勢のよさに、グランデウスがクハハと笑う。

「勇猛だな。だが貴様では実力不足だ……それに今は、そのためにここに来たわけではない」

グランデウスはそう言うと、振り返って俺を見る。

「喜べ、白様は貴様をご所望だ……」

裂け目を手で示しながら、紳士的な動作で頭を下げるグランデウス。

騙す気はないようだが……何を考えているんだ？

「そう睨むな。安心しろ、あの方は貴様との一騎打ちをお望みだ。俺はもちろん、貴様の連れも手出し無用だ。特にそこの、小さくも強いガキもな」

振り返ってノクトを指差すグランデウスの言葉には、嘘が見当たらなかった。

「分かった」

「――その男の言葉を信じるの、兄さん⁉」

ノクトが憤慨した様子で怒鳴るが、俺は気にせずグランデウスの横を通ってノクトのそばに行く。

「そいつは嘘はついてない……だが、俺がここからいなくなったらお前たちを襲うだろう」

そう言ってグランデウスを見ると、よく分かったなとでも言いたげに笑みを浮かべる。

「だからノクト、それにヘレナとガーランドとペルディアも、メアたちを守ってやってくれ」

俺の言葉にそれぞれが頷いたが、ヘレナが一歩前に出る。

「否。申し訳ありませんが、ヘレナはその約束を守れそうにありません」

何もないはずの空を睨むヘレナ。

しかし次の瞬間、竜が飛来し咆哮を上げた。

『グオォォォォォッ……‼』

それは、さっき俺が蹴り飛ばした白竜だった。

口から血が流れ、相当なダメージを負っているように見えるが……それでもまだ立ち向かってくるか。

「告。ヘレナが彼女の相手をします」

「一人で大丈夫なのか？」

さっき一人で挑んでいた時は劣勢だったし、いくら相手にダメージが蓄積しているとはいえ、追い込まれた生物がそれまで以上の力を発揮することだってよくあるのだ。

しかしヘレナは、今まで見たどの表情よりも明るい微笑みを浮かべていた。

「……行ってきます、アヤト」

ヘレナは朗らかにそう言うと、大きな翼を広げて飛び上がる。

その身体は徐々に変化していき、雲の近くに到達する頃には竜の姿になっていた。

身体は黒く、頭から足、翼に至るまで銀色に光る線が伸びていた。

そして赤く鋭い目で、白竜を睨みつける。

初めて見たが、これがヘレナの本性ってことか。

「これは驚いた、まさか貴様の仲間に竜がいたとはな」

そんなヘレナの姿を見て、グランデウスがニヤニヤしながら話しかけてきた。

「うるせえな。あのガキの次はテメェだ、覚悟しとけ」

「おぉ、怖い怖い」

強めの殺気をぶつけられたグランデウスはそう言いつつも、余裕の笑みで両手を挙げる。

まるでこの状況を楽しんでいるようだった。

「だがせっかくの女性からのパーティーのお誘いなんだ、存分に楽しんでくればいいさ」

グランデウスのふざけた言い回しは気に食わないが、あとはペルディアたちに任せるとしよう。

早々に奴をぶっ飛ばして帰ってこなければ……そんなはやる思いで、俺は裂け目の中に入っていった。

「いらっしゃい♪」

白い少女は裂け目のすぐ先で、大きめの岩を椅子にして待っていた。

「くだらない雑談をしてる暇はない。お前もグランデウスも殺して、さっさと日常に戻らせてもらうぞ」

「クフフ、簡単にそう言っちゃえるのね。私、これでも竜より強いって自負してるのよ？　まぁ、その竜をあんなに蹴っ飛ばすなんて中々できないん――」

俺は白い少女の言葉を遮って横蹴りを入れ、岩ごと吹き飛ばした。

白い少女は糸の切れた人形のように脱力した状態で飛んでいくが、途中で姿勢を直して着地する。

その身体は片腕片足が欠損し、首もあらぬ方向に向いている。あれで立ってるとか軽くホラーだな。

そんな常人であれば即死の怪我も瞬時に治り、白い少女はグランデウスのようなニヤニヤした笑みを浮かべて俺を見てきた。

「もう、人が話してる時にマナーが悪いわ……ね！」

白い少女が力強く跳躍し、突っ込んでくる。

いつの間にかその手にあった大きな鎌が、素早く振られた。

俺は瞬時に距離を詰めると白い少女の手元を押さえ、腹部に膝蹴りを喰らわせる。

「カハッ⁉」

反応されたのが予想外だったのか、驚きながら吐血する白い少女。俺はその頭を掴み、地面に勢いよく沈めた。

さらに間髪を容れず、思い切り踏みつける。

地面が陥没し、砂煙が立つ……が、そこに白い少女の姿はない。

「……俺が気付かないとでも？」

俺は話しかけるように声を出して振り返る。

そこには白い少女が大鎌を振りかぶる姿があった。

「えい♪」

力が抜けるような一言と共に振るわれた大鎌の、今度は刃の部分を左手で止める。

だがその瞬間、俺の左腕は丸ごと氷に包まれてしまった。

「……クフフフ、もう使えなくなっちゃったわね、その左腕？」

あざとく首を傾げ、白々しく言ってくる白い少女。

……冷たいな。

火の魔法を使って溶かそうとするが中々溶けないので、魔力を更に練り込んで強めの炎を出した。

少々強過ぎたらしく、ミランダと出会った時よりはいくらか小さい火柱が腕の先から立ち上り、ようやく氷が溶けた。

「わぁお♪　凄い炎！　そっか、やっぱりこれくらいじゃ動じないか……」

白い少女が最後を呟くように言うと同時に、彼女の目が据わり体から冷気が出てくる。

辺りは冷凍庫内のような寒さになっていた。

「クフフ……じゃあ、こういうのはどう？」

白い少女は楽しげに笑うと、一度バックステップしてから再び大鎌を構えて襲いかかってくる……と思ったら、突然目の前が暗くなった。

「空間魔術の使い方、こういうのは思い付いたかしら？」

後ろから声が聞こえる……だが気配はそのまま前からだ。

なるほど、相手の視界を塞いだ上で、空間魔術で背後から声をかけ、転移したと思わせておいて振り向いた背中を攻撃する、ってことか？　まあ気配が読めるからあんまり意味ねぇよな。

斜めに振られた大鎌を、体を大きく反らして避けた。

「あら？　避けられちゃっ――」

俺は素早く体勢を立て直して、驚いている白い少女の胴体に正拳突きを喰らわせる。

拳圧で白い少女の胴体は消え、両腕両足と頭がバラバラに吹き飛んだ。

俺はそのまま頭を鷲掴み、野球ボールよろしく思い切り投球した。

「女の子の頭を投げるなんて、あなたも中々頭のネジが外れてるわね！」

投げ飛ばされた少女は途中で頭から全身を再生したのか、回復した状態ですぐに空間魔術を使って戻ってきた。

しかし俺は、その頭もまた蹴り飛ばす。

「最初からネジ外れてる奴を相手するのに、いちいち真面目にネジ付けてたらキリがねえよ」

今度は白い少女の首から頭が再生される。

「もう！　髪が乱れちゃうじゃない」

ようやく笑い顔を崩してムッとした表情を見せる白い少女。そう言いつつも、ツインテールの髪型がそのままなのがムカつくな……

というか、キリがない。いつまで不死身の相手をしてればいいんだろうか……もう少し殺し続けてみるか？

それから百回……いや、もっとか？　もう数えるのすらバカらしくなるほど殺してやった。

手刀で切る、踏み付けて潰す、捻って千切る。

もはや技らしい技を使うのすら面倒になり、ひたすら殴る蹴る切る潰すの単純作業を繰り返した結果……

「カ……ハ……」

大の字で仰向けに倒れる白い少女。

「クフ、フ……手も足も、出ないなんて……黒ちゃんが……いえ、ノワールちゃんが入れ込むのも、分かる気がするわ……」

周囲は俺たちが暴れた痕跡塗れである。

地面の陥没や切り跡、木々が凍っていたり燃えていたりと、まるでいくつもの災害でも起きたかのような悲惨な光景となってしまっていた。

俺の服も何ヶ所か破れ、そこから少量の血が出ている。何発か喰らってしまったのだ。

しばらくして欠損した部位が完全に再生した白い少女が、再び立ち上がる。

「んで、お前はあと何回殺せば死ぬ？」

「クフフフ……あともうちょっとかもしれないし、まだまだ余裕かもしれないわよ？」

白い少女は茶化してニヤニヤしながらも、フラフラと今にも倒れてしまいそうだった。

最初に出していた冷気のようなものさえも殺している途中で出なくなったみたいだし、限度はやっぱり存在するらしい。

それに再生速度も、途中から明らかに落ちていた。つまり……

「結局は魔力を使って再生しているってことだろ？　そんで魔力量が膨大だから、それを削りきるほどの力がない相手からすりゃ、不死身に見えるってわけだ。まぁ、お前くらいの力がある相手を殺しきる力がある奴なんてそうそういないだろうけどな」

「……」

俺の言葉に白い少女は笑みを消し、面白くないといった感じに俺を睨む。

「言っとくが、俺には嘘も騙しも効かない。お前が今、瀕死だってのはよく分かってるぞ」

「……ク、フフ……可愛くないわね、あなた……」

少し強引に口角を上げただけの歪んだ笑みを浮かべる白い少女。

その手に持っている大鎌を引きずりながら、俺の方へとやってくる。

「なぁ、聞いていいか？　なんでそこまでして俺に突っかかる？　俺はお前に何かしたどころか、そもそも会った覚えもないんだけど」

「あら、雑談はしないんじゃなかったの？」

白い少女は誤魔化すように、今度は自然に笑う。どうやらまた調子を取り戻してきたようだ。本当に厄介だな。

「簡単よ、私たち悪魔を圧倒するような人間が現れたから、試してみたくなったの」

その言葉に嘘はなく、何かを隠している様子もなかった。

まさか本当に……本当にそれだけの理由で？

「だったらいちいちこんな面倒なことせずに、俺んとこに直接来ればよかっただろ……！」

「それはダメよ。だってそれじゃあ面白くないもの」

面白いかどうか、か……そんなゲームみたいな感覚で俺たちは遊ばれた挙句、カイトが殺されたわけだ……

「は……ハハハ……」

「あら、頭がおかしくなっちゃった？」

自然と笑い声が漏れ出て、頭のおかしい白い少女に心配されてしまう始末。

自分でもなんで出たのかが分からない。白い少女が言った理由がバカバカし過ぎるから
か……

もう自分が今、どんな感情を抱いているかも分からなくなってしまいそうだった。

だが頭の思考とは別に、体は勝手に動く。

白い少女の首を掴み、持ち上げる。

「ク、フ……また……絞、殺？　芸が、ないわ、ね……」

彼女がそう言うと、ドッという音と共に、腹に鈍痛が走った。

視線を下に移すと、空間に小さな裂け目が広がっていて、そこから伸びた白い腕が俺の
腹部に刺さっていた。

そう、これが厄介なのだ。

そもそもこの白い少女はそこそこ強い。元の世界にいた達人たちくらいの実力はあるだ
ろう。

しかし俺にとっては強敵となり得るほどの実力ではない。

それでも俺が何度かダメージを喰らっていたのは、この空間魔術のせいだ。

白い少女自身の攻撃はもちろん、俺の攻撃すらも裂け目で転移させて返してくる。

しかもそのタイミングが巧みで、かなりの苦戦を強いられた。

もしもこんな状況でなければ、もっと戦いを楽しんでいたかもしれないな。

「芸がないって言っても、お前も似たようなもんだろ。そうそう同じ技が通用すると思うなよ？」

「クフフ、お腹を貫かれてるくせに、何言って……っ⁉」

白い少女は腕を引き抜こうとグッと力を入れるが、微動だにしなかった。

「何……これ……⁉」

「腹の筋肉でテメェの腕を締め付けてるだけだ」

首を掴まれ腕も抜けなくなったところで、俺は拳を叩き込む。

しかし白い少女は裂け目を強引に閉じて自分の腕を引き千切ると、今度は俺が放った拳の前に裂け目を作った。

その裂け目が繋がる先は、俺の脇腹の横。

なるほど、カウンター狙いか。

だが俺も、拳が到達する前に裂け目を作り、相手の胸辺りへと転移させる。

「……凄まじい、反応速度ね……でも──」

拳を喰らって吐血しながらも感心の声を漏らした白い少女だったが、なぜかニヤリと笑みを浮かべた。

それと同時に、白い少女が広げた裂け目が、俺の腕を巻き込んで閉じようとする。

「ぐ……おぉっ……！」

ギチギチと腕が圧迫される……だが。

「ふんっ！」

俺は思いきり腕に力を入れて、閉じていく裂け目に抵抗した。

「……嘘でしょ、力業で何とかなるものじゃないわよ⁉」

白い少女はさっきまでの余裕の笑みを消し、顔を引きつらせる。

「お……オォォォォッ！」

そして俺は強引に腕を引き抜いて、白い少女の首を絞めていた手をパッと放す。

そのまま白い少女が地面に落ち切る前に、俺は両手で幾度も殴りつけた。

「……アハッ、やっぱり凄いわ、あなた……」

恍惚とした表情で呟く白い少女。

立拳、龍眼拳、柳葉掌、八字掌、虎爪、鷹爪、二指、蛇指……

様々な武術で学んだ手の型を、瞬時に叩き込んでいく。そして――

「――『千手烈華』」

以前つけた技名と共に、ねじり貫手で最後の一撃を決める。

白い少女は消し飛びまではしなかったものの、中途半端に部位欠損した状態で空高く吹き飛んでいった。

第17話　竜の決戦

『『グォォォォッ‼』』

二匹の竜が空を飛び舞う。

竜化したヘレナと、満身創痍の白竜。

竜化したヘレナの方が白竜よりも一回りほど体格が大きく、その身体の美しさと威厳は、まさに神々しいと言えた。

その二匹がお互いに向けて火を吐き、体当たりし、尻尾を振り払って攻撃し合う。

しかし同じ攻撃をしているにもかかわらず、ヘレナが優勢となっていた。

『クッ、その強さ……あの悪魔に殺される以前の……！　なぜ急に力を取り戻した⁉』

口から炎を漏らす白竜が、憎々しげに呟く。

同時にヘレナの口から青い炎が溢れ出した。

『解。これが愛の力です』

ヘレナのふざけたような言葉と同時に、二匹は互いに向かって炎を吐く。

炎と炎がぶつかり合って、衝撃により周囲の雲が広がり、太陽が露わとなった。

『愛？　貴様が愛を語るか……無情と言われた黒神竜の貴様がっ！』

『解。竜でなくなったことにより、多くの感情に触れました。そしてアヤトの記憶に触れた時、今までにない愛しいという感情が芽生えました……そう、ヘレナは今、彼に恋をしていると言えます』

ぶつかり合う炎は、青い炎が押し始める。

『竜が人間に心を奪われるだと⁉　何を考えている⁉　我々とは生きる世界が……寿命が違い過ぎる人間などに……！』

『関係ありません。たとえ百年や五十年だけしか一緒にいられないとしても、その間だけでもヘレナは肩を並べて彼と……いえ――』

ヘレナの吐く青い炎の勢いが強まり、白竜の眼前まで迫る。

『――彼らと共に歩んでいきたいのです』

白竜は体を捻って青い炎を避けようとするが、僅かに翼へと当たる。

『ぐ……おぉっ⁉』

『ク……ソッ！　ガァァァァッ！』

白竜は翼を少々焼かれても戦意を衰えさせずに、ヘレナへとガムシャラに突っ込んでいった。

青い炎を出したままのヘレナは回避できず、首を白竜に噛み付かれる。

『このまま噛み千切って――』

『……「ブラックバースト」』

そのヘレナの呟きと同時、彼女の身体を青い炎が包み込み、白竜が驚いて離れる。

『な、なんだそれは……⁉』

白竜の視線の先では、ヘレナの身体が徐々に縮んでいた。

やがてヘレナは、竜の両手両足と翼を持った人型となる。

銀色の髪は青い炎に包まれ、全身からは黒いオーラのようなものが溢れ出していた。口元には竜と同じく鋭い歯が見え、目はいつもより妖しく光る。

『解。長い間、悪魔と同化していた力を取り込んだことで、新しい力を使えるようになりました』

『あの悪魔と手を組むとは……どこまで落ちるか、黒神竜！』

白竜はそう叫ぶと、背中からいくつもの小さな光を発する。

それは緩やかに曲線を描きながらヘレナへと向かっていく。

対してヘレナは数回翼を羽ばたかせると、迫るいくつもの光を高速で掻い潜り、瞬く間に白竜の目の前へと迫る。

そして白竜が気付くよりも早く、その腹部へと竜化した拳を打ち込んだ。

『ぐ、お……!?』

殴られた竜は吹き飛ぶが、ヘレナは一瞬で背後に回り込む。

そこから再び拳を打ち込み、白竜が吹き飛ばされ、また回り込み拳を打ち込み……と繰り返していった。

殴られ続ける白竜は、目で追えないほどの速度と、自身の巨体を吹き飛ばすほどの力に、圧倒されていた。

ヘレナはトドメとばかりに白竜を打ち上げてから、青と黒が入り混じった光を口の中に溜め込んだ。

そして白竜に向かって光が放たれようとし――

次の瞬間、光はあらぬ方向に放たれ、高速で向かってきていた炎を打ち消した。

『……告。お久しぶりですね、黒竜王（こくりゅうおう）』

ヘレナが視線を向ける先、そこには黒い竜がいた。

ヘレナのような模様はなく全身が真っ黒で、体の大きさも白竜同様一回りほど小さい。

黒竜王は落下してくる白竜を受け止めながら、ヘレナに話しかける。

『まさか生きていたとはな！　だが少々はしゃぎ過ぎではないか？　この白竜王を消し飛ばす気満々だったではないか』

低い男性の声でそう言って、不敵に笑う黒竜王。

ヘレナは無表情のまま、言葉を返す。

『ヘレナの主人を殺害しようとしたのです。障害となるのであれば、たとえ同族だったとしても手加減しません。もちろん、その白竜王を庇うのであれば、あなたも……』

『もう少し穏便（おんびん）に済ませられんのか？　なぜこいつがおぬしの主とやらを殺そうとしているかは分からんが、ただでさえ少なくなってしまった同族で殺し合うことはないじゃろ……？』

黒竜王からそう言われたヘレナは、顎に手を当ててしばらく考え込んでから、一つの提案をする。

『告。ではあなたが白竜王を説得してください、黒竜王。どうにもヘレナたちが原因で誤解が生じておりますので、正しく事実を知れば争うこともないはずですから』

ヘレナの言葉に、黒竜王が大きな溜息を零す。

『なんだ、またこのババアの早とちりか』

『何が早とちりだっ⁉』

黒竜王に抱えられていた白竜王が、急に起き上がって怒鳴った。

耳元で大声を出された黒竜王は驚いてしまう。

『我は息子を攫われたのだぞ⁉　しかも奴らはあの悪魔と絡んでいる……その時点で話し合いなどする必要もないだろう⁉』

『なんじゃなんじゃ、起きるなり耳元でうるさいババアじゃのう』

そう呟く黒竜王を気にも留めず、その肩で白竜王が暴れる。

『告。と、このようにヘレナたちに噛み付いてくるのです。たしかに実際、彼女の息子である幼竜はヘレナたちと共におりますが、それは不慮の事故で起こってしまったことです。なのにこの方は……』

『ああ、やはり頑固で分からず屋なところは変わらんか……やれやれ』

『貴様こそ、本当にそいつの言うことを信じるのか⁉』

ぎゃあぎゃあと騒ぎ立てる白竜王に嫌気が差した黒竜王は、肩に担いでいた彼女をヘレナがいる方向とは反対の方に投げ捨てた。

『お前こそなんなんだ？　相手の言ってることを信じずに、あの悪魔と繋がってるだの息子を攫っただの、相手が悪いと決め付けるなんぞ……』

『あの悪魔が黒神竜であるこいつを殺したのだろう⁉　そしてこいつが！　操られていないという保証がどこにある⁉　我が息子が無事だという確証は⁉』

白竜王は体勢を立て直しながら怒鳴る。

それを受けた黒竜王は、ふむ、と前置きしてから冷静に諭す。

『それもそうだが、どちらも確証がないだろう。それなのに怒りに任せて襲いかかってばかりでは、話が進まんだろうが？』

『黙れ黙れ黙れ！　どうせ貴様もあの悪魔とグルなのだろう⁉』

白竜王は聞く耳を持たず、黒竜王とヘレナに向かって炎を吐き出す。

ヘレナたちは左右にそれぞれ避ける。

『ああ、クソッ！　本当に頑固なくせに、被害妄想豊かな老害じゃな⁉』

『問。これで分かったでしょう？　やらなければやられます』

ヘレナの言葉に頷いた黒竜王は、旋回しながら白竜王へ突っ込んでいく。

『……しょうがない！　手を貸すぞ、黒神竜！』

『否。ヘレナの名前は黒神竜ではありません……ヘレナです！』

ヘレナも猛スピードで移動し、縦横無尽に飛び回る。

『な……舐めるなっ！』

白竜王はそう叫ぶと向かってくる黒竜王を殴り、首元に噛み付いて振り回し投げる。

そして高速で飛び回るヘレナを尻尾で振り払った。

その尻尾は見事にヘレナへ命中するが、ヘレナは自分よりはるかに巨大な尻尾をいとも簡単に受け止める。

そして身体を回転させて、白竜王の巨体を下へと投げ飛ばしてしまった。

『体が小さくなっても凄まじいパワーだのう？』

それを見ていた黒竜王が、噛まれた首を撫でながら呟いた。

『……なぁ、聞いておきたいんじゃが、おぬしの言葉に嘘偽りはなかろうな？　いくらあの頑固者が早とちりだとしても、全て間違ってると言うには判断材料が足りん……お前さんらは一体何をした？』

『解。それは――』

ヘレナはアヤトの存在や、その仲間であるミーナが学園の授業でベルを召喚してしまったことなど、白竜王の誤解の原因について、黒竜王に説明していった。

☆★☆★

俺――メアを含めた仲間たちが見守る中、アヤトが空間にできた裂け目に入ってからしばらく。

目の前のグランデウスが笑みを浮かべながら両手を広げた。

「さぁ、では……こちらもパーティーを始めようか？」

「皆さん、気を付けてください！　こいつ……普通に斬っても死にません」

ノクトの忠告の声に、ガーランドやペルディアが前に出て構える。

ラピィ、セレス、アークとミーナも後に続き、フィーナもペルディアの横に付いて戦う気のようだった。

ユウキでさえ、神妙な顔付きで空中に武器を出現させて戦闘態勢を取っていた。

「メアさん、私たち、はどうし、よう……？」

リナが震えながら俺の裾を掴み、不安げに聞いてくる。

分からない、どうするべきか。

俺たちも戦うべきか……だけど遠距離攻撃ができるリナならまだしも、実力不足の俺が前に出たところで足手纏いにしかならないだろうな……

だったら、さっき息を吹き返して眠っているカイトを守ることに専念した方がいいんじゃないかと思う。

そう考えてるうちに、目の前でガーランドたちが戦いを始めた。

ペルディアが前方の広範囲を凍らせ、跳躍して回避したグランデウスに向かってガーランドが縦斬りで一刀両断。

しかしグランデウスは瞬時に元通りにくっ付き、ガーランドをこちらへ蹴り飛ばしてしまう。

「ぐっ!? ……っと？」

ガーランドは苦しげな声を上げるが、飛ばされた先に突然現れたクッションのようなものに受け止められた。

さらに俺たちが驚く暇もなく、ガーランドの上を無数の武器が通過して、グランデウスへと一直線に向かう。

「ほぉ……面白い！」

着地したグランデウスはニヤリと笑うと、向かってくる武器に手をかざして、黒い渦のようなものを作り出す。

徐々に広がっていった黒い渦は、迫ってきた武器を防いだ。

武器の射出元に目をやれば、ユウキが不敵な笑みを浮かべている。

「残念だけど……飛ぶのは真っ直ぐだけじゃないんだな、これが！」

ユウキがそう言うと、真っ直ぐ飛んでいた剣が数本、渦を回避するように動いてグランデウスの脇腹へと刺さった。

「ちぃっ……！」

集中力を乱されたからか、グランデウスを守っていた黒い渦が消える。

そこにすかさず、無数の武器が降り注いだ……これ、全部刺さったら原形も留めないいんじゃねぇの？

「す、凄い……！」

前に出ながら何もできずにいたラピィが、ポツリと言葉を漏らす。

ユウキの能力は知ってたけど、まさかここまで強力だとは思ってなかったもんな……たしかにこりゃ驚くわ。

「不死が相手って言うなら、こんなところが丁度いいかな？」

　そう得意げに言うユウキだったが……

「フハハハッ！」

　そこに高笑いが響いた。

　グランデウスが何事もなかったかのように立っていたのだ。

「中々やるではないか、そこの黒髪？　ずいぶん面白い力だ……」

　グランデウスが足元に転がる剣の一本を摘み上げて砕くと、その剣は砂のように崩れて消えてしまった。

「魔力で作られた武器とはな……しかも魔法や魔術とは魔力変換や能力の形態が異なるのか。この能力ならば、あの魔力の放出を阻害する結界の中でも普通に使えたのだろうな」

　結界ってあれのことか……？　やっぱりあの結界はこいつの仕業だったのか！

「ああ、よかったよ……これが使えなかったら今頃、あの変な腕まみれの魔物にやられてたところだしな！」

　ユウキの言葉に、ペルディアとランカ以外全員の肩が跳ねる。

　今、どこかで見たことのある魔物の特徴が聞こえてきた気がするんだけど……？

　ユウキの方を見ると、俺だけではなくガーランドやラピィたちもユウキに視線を移していた。

そんな俺達の視線に気付かないまま、ユウキは言葉を続ける。

「ああ、俺たちが用意したプレゼントは受け取ってくれたようだな……気に入ってくれたかな？」

「お前らの差し金だったのかよ⁉　大変だったんだぞ、いくら腕を切り落としてもどんどん増殖しまくって、やっと弱点が目だって分かった時には千手観音みたいな奴に――」

俺は溜息を吐いて愚痴るユウキへと、苛つきを隠さないまま近付いて、そのまま胸ぐらを掴んで持ち上げた。

「お前かぁぁぁぁっ⁉」

「何がですか⁉」

ユウキは俺の迫力に負けて敬語になってしまっていた。

俺たちがバラバラになった原因であろう、腕まみれの魔物――ギュロス。

普通はもっと腕の数が少ないって話だったけど、あんなに腕を増やした元凶が目の前にいたとは……

「クハハハハ！　たしかにそうだ、その男がギュロスを倒していれば、貴様たちがバラバラになることもなかったろうになぁ？」

グランデウスが苛立つ笑みを浮かべて言い放つのを見て冷静になった俺は、ユウキの胸ぐらから手を放す。

そうだ、ユウキがやったことはたしかに俺たちにとってよくないものだったが、文句など後で言えばいいことだ。

今は……ただ今は殺されない程度にこいつに抵抗して、アヤトが帰ってくるまでの時間を稼がなきゃいけないんだ。

街一つを吹き飛ばすようなこいつを相手に……！

「おや、もういいのか？　このまま殴り合って仲違いでもしてくれれば、酒のつまみくらいにはなるのだが……」

悪趣味なことを言うグランデウスに向けて、俺は刀を抜く。

「酒のつまみ？　ハッ、この先酒が飲めるとでも思ってるのか？　テメェはここで終わりだ」

「……ほう、いい武器だな。繊細そうに見えて頑強……そして禍々しい」

グランデウスは今までの挑発するような表情ではなく、本当に興味深そうに俺の刀を見て呟いた。

「禍々しい？　アヤトから貰ったこの刀にケチ付けんなよ……！」

ギラリと妖しく光る刃。

その刃を見ると吸い込まれそうになる……気のせいか黒いオーラが炎のように刀から溢れ出している気さえしてきた。

「ふ、くっ……クハハハハハハハハハハッ！」

するとグランデウスが突然大きな笑い声を上げる。なんだ……？

「そうか……そうか貴様が！　まさかそんなことがありえるのか？　いや、実際に目の前にいるのだからあり得るのだろうな！」

一人で勝手に盛り上がってから勝手に納得して完結するグランデウス。何が言いたいんだ？　モヤモヤする……。

「一体……何を……」

言葉が上手く出てこない……なんでだ？

「メア……さん……？」

と、後ろからリナの声が聞こえてきた。

「リ、ナ……？」

俺はその声の調子が気になって、ゆっくりと振り向きリナへ視線を向ける。

するとリナはなぜか、驚いたように目を見開き……いや、リナだけじゃなかった。

そこにいた全員が、俺を見て驚愕していたのだ。

なんだよ、お前ら……俺の顔に何か付いてんのか？

そう思っていると、ポトリと水が落ちるような音が足元から聞こえてきた。

何となく息苦しさを感じつつ下を見ると、赤い水溜(みずた)りができていた。血だ。

どこから？　と思っていると、再び血が落ちる……それは俺の顔からだった。

「……あ？」

俺は顎から滴る血を腕で拭うが、血はとめどなく滴り続ける。

どうやら左目から出ているらしく、左の視界が徐々に赤くなっていく。

「何が……起きてる……⁉」

「ハハハハ、自覚したようだな？　一度溢れ出せば止まらないぞ、ソレは！」

背後にいるグランデウスの何かを知ってるかのような言い方に、そちらを振り返った。

「俺に、何をした……グランデウス……グランデウスッ！」

全身に力を入れてグランデウスを睨み付ける。あれ、少しだけ楽になった？

「いいや、俺は何もしてない……だが鏡があれば見せてやりたいくらいだよ、今の貴様の姿を！　……ああ、そういえば魔術で見せてやればいいか。ほら」

グランデウスが俺に手をかざす。来るか⁉

と思ったら、俺の目の前に水でできたらしき鏡が出現する。

そこに映っていたのは……

「……これが……俺……？」

金髪がほのかに光り、左目の白目部分が赤く染まって血の涙を流していた。

なんだこれ……なんだよこれは……⁉

──ザザッ。

頭の中でノイズのようなものが走る。

それは徐々に大きくなっていく。

──ザッ──おね──ザザッ──ちゃん──ザザザ……

頭が割れるんじゃないかというくらいに大きくなり、何か声のようなものも一緒に聞こえてくる。

そしてついに、はっきりとした声に変わった。

──交代だよ、お姉ちゃん。

その言葉が聞こえた瞬間、俺の意識はプツンとそこで途絶えた。

第18話　魔王との決着

──さぁ、起きる時間だよ、カイト君。

そんなシトの心地好い声が聞こえた気がして、俺は目を開けた。

最初に目に映ったのは、雲が不自然に広がって顔を出している太陽と青空。

「……ここは？」

小さく呟く。

ずいぶん不思議な気分だった。

一度殺され、神様に会って生まれ変わったからだろうか？

なぜか清々(すがすが)しい気持ちだ。

上半身を起こすと、すぐそこにリナの顔があった。

少し離れた場所には、ガーランドさんやラピィさんたちの姿が。

さらに遠くにはノクトさんやメアさんも……メア、さん……？

「カイト、君……？　カイト君っ！」

起き上がった俺に気が付いたリナが、勢いよく抱きついてきた。

「おっ、おぉっ⁉　り、リナ……？」

女の子が抱きついてきたという恥ずかしさで、顔が一気に熱くなる。

だけどそんな下心(したごころ)を持ってしまった俺とは対称的に、リナは本気で涙をポロポロと零していた。

この状況は何がどうなって……？　それにメアさんのあの姿は？

起きたばかりで現状が把握できないんだけど……

「よかっ、た……私のせい、で死んじゃったけど……生き、返った……！」

リナがそう言って、顔を俺の身体に押し付けてくる。そ、そんなに顔を押し付けたら……あ、鼻水……

だんだん落ち着いてきた俺は、嗚咽し続けるリナの頭を撫でながら周囲の状況を確認する。

メアさんたちの奥に一人だけ知らない魔族の男がいる。それと、ノクトさんが凄く大きな剣を持っていたり、メアさんの雰囲気が怖いものに変わっていたりする。

知らない男の周りには無数の剣が突き刺さっていて、既に戦闘を繰り広げたことがわかった。

すると、ふわりと風で浮いた自分の髪が目に入る。

「……なんだ、これ？」

元の赤い色に、黒く変色したものが混ざっていた。

誰かが悪戯した？　って、こんな時にそんな余裕ある人はいないか……師匠以外。

まぁ、まさか師匠も死人の髪を染めるなんて意味の分からないことはしないだろう……

あれ、そういえば師匠は？

「リナ、師匠はどこに？」

「えっぐ……師匠、は……カイト君を、殺した女の人、のところに怒りながら行って……戦ってると、思う……」

嗚咽しながら、リナはそう答える。

怒る？　もしかして師匠……俺のために？

どこからか聞こえる爆発音に耳を傾けながらそう思う。

出会ってまだ一ヶ月も経ってない……そんな俺のために怒ってくれるのか？

そう考えたら、なんだか胸の奥が熱くなった。

俺の死を家族以外の誰かが怒って、心配して泣いてくれる。そう思うと、なぜだか嬉しさを感じる。

そんな感傷に浸っている内に、鋭い風切り音と水音が聞こえてきた。

音のした方に目をやると、刀を振り切ったメアさんと、その足元に水溜りができていた。

目の前にあった水の魔術を切った、とか……？

金色の髪をほのかに光らせるメアさんは、魔族の男の方を向いたままだから表情は見えないが、背中越しでも怒気が伝わってきた。

「あの魔族って……？」

「あれがあなたたちの探していたグランデウスですよ」

突然背後から声がし、振り返るとランカさんがすぐそこに立っていた。

「グランデウス……じゃあ、あいつが魔王⁉」

俺は横に置かれていた剣を持って急いで立ち上がり、鞘から抜いて構える。

「クハハ、白様の言っていた通り復活したか少年よ……そう、俺が魔王グランデウス！

魔王の座をペルディアから奪い、魔族の頂点に君臨する男だ！」

俺に気付いたのか、芝居がかった言い方をして高笑いを上げるグランデウス。

ふざけているように思える反面、あいつから感じるプレッシャーは尋常じゃない。

あの威圧感、やはり本物なのだろう。

そしてさっき現れた竜と同様に、一目見ただけで理解できる……あいつには勝てないと。

「とはいえ、だ」

グランデウスは全身の力を抜き、肩を竦める。

「実は、お前らを殺すことは白様により禁じられている。だから――」

グランデウスの言葉の途中、メアさんが容赦なく斬りかかっていった。

グランデウスは余裕の笑みを浮かべると、体を大きく反らして刀を避ける。

「――少し遊ぶことにしよう」

メアさんは刀を振った勢いを利用してそのまま回転し、グランデウスに蹴りを入れる。

その蹴りはただの女の子が出すには……というより人間では到底出ないであろう威力であることが見てとれた。

その蹴りを喰らったグランデウスは、一瞬で上半身だけ消し飛んだ。

残された下半身は力無く膝を突くが、無くなった腰から上がすぐに再生して元通りになる。

「この凄まじい力……やはり人間とは別格だな。原因がお前にあるのか、それともその武器なのかは知らないが、今のお前はもう人間じゃない。そうだな、言うなれば……」

体が消し飛ばされても余裕の態度を崩さないまま考え事をするグランデウスは、再びメアさんが振るった刀に頭を斬り飛ばされる。

だがグランデウスはそれすらも気にかけず、首がなくなった胴体の手を動かして頭を掴み、そのまま胴体にくっつける。

「魔を宿した人間……大昔に『魔神』というのがいたらしいが、それにならってお前も『魔人』と名乗ったらどうだ？」

ふざけた調子でそう言うグランデウス。

次にメアさんが刀を切り返すと、グランデウスは手に黒い剣のようなものを作り出して防ごうとした。

しかしメアさんの刀は黒い剣をもあっさりと切り裂いて、グランデウスの肩から胴を一閃、真っ二つにする。

「ほう、お前相手にはもう少し本気を出した方がいいか？」

しかしまたしても元通りにくっついたグランデウスは、向かってきた刃を素手で掴むと、もう片方の手で素早くメアさんの首を掴んで持ち上げた。

「……」

「……ハッ、こうして大人しくしていると、まるで借りてきた猫のよう――」

グランデウスがそう話している最中に、メアさんは刀を捻ってグランデウスの手指を切り落とした。

「――でもないか。中々のじゃじゃ馬っぷりだな」

「……アハッ」

するとメアさんは不気味な笑い声を上げ、そしてそれは徐々に大きな高笑いとなる。

「アッハハハハハハハハハッ！」

「フハハハハ、いいぞもっと狂え！　他者が狂う様は俺にとって何にも代え難い娯楽だ！」

二つの高笑いが交差する中、先に高笑いをやめたメアさんがグランデウスに斬りかかる。

それは先程までよりも鋭く、素早い一撃だった。

「……急に別人のようだな？」

『だって別人だもの』

メアさんから発された声に、背筋がゾッとする。

到底人間が発しているとは思えない、何かと混ざった声……それは気のせいではなく、俺の周囲にいるガーランドさんやラピィさんも身を震わせていた。

メアさんに何があったか分からないけど、それでもアレはヤバいものだ。止めないとマズい気がする……！

その次の瞬間、メアさんの高速の斬撃でグランデウスが細かくバラバラにされた。

『沈め』

またも気味の悪い声を発したメアさんは、片手から黒い炎を出すと、再生中のグランデウスに放った。

「何度やろうと無駄だ……白様から頂いたこの力、貴様ら如きにどうにかできるものでは……何？」

得意げだったグランデウスだが、その言葉の途中で不思議そうにする。

さっきまでなら即座に元通りになっていたのに、なぜか再生が遅いのだ。

「な……なんだこれは⁉ 白様から頂いた力が消えて……貴様一体何をした⁉ いや、違う、これは……」

辛うじて頭だけ残っていたグランデウスは早口で焦ったように言い、視線だけをどこかへ移そうとする。

「……白様が……倒された……⁉」

あり得ないとでも言いたげなグランデウス。その間にも、黒い炎が奴の全身を燃やし続ける。

「バカな……不死だぞ？ 死を超越したのだぞ！ その我らがなぜ敗れる……⁉」

黒い炎に焼き尽くされた箇所は、炭や灰ではなく、よく分からない液体に変わり、それでもなお燃えていく。

「我、らが……相手、したのは……それだけ化け物だったということ、か……」

ついには頭部までも焼き尽くされ、グランデウスの言葉が途切れる。

しばらく炎は燃え続け、そしてそれが消えた後には、泥のような水溜りが残るだけだった。

「……やったのか？」

「いいですね、あの黒い炎……私もやってみたいです」

呆然とそう呟く俺の後ろで、ランカさんが急に変なことを言い出す。

何言ってるんだろう、この人は……っていうか、魔空間に移らずにここに残っちゃってたけど、この人って戦えるのか？

なんて思っていると、まるで役目を果たしたかのように、メアさんがパタリと倒れてしまった。

「メアさん！」

ノクトさんが叫びながら駆け寄り、俺とリナ、ミーナさんもメアさんの元に行く。

「……気絶してるのか？　ギュロスの時と同じように……」

「だと思うけど……とりあえず、そこの木に寝かせようか。グランデウスももう生き返らないみたいだし、今のうちに体勢を立て直そう」

ノクトさんの提案に、俺たちは頷く。

体勢を立て直したところで今の俺たちに何ができるかは分からないけど、今は休みたい気分だった。

第19話　仲間になりたそうにこちらを……

腹に突き刺さったままの千切れた腕を抜いた俺、アヤトは、白い少女を飛ばした方向へと跳躍する。

そして空中で追いついたところで、踵落としを喰らわせた。

轟音を立てて地面に激突する白い少女。

そこに俺も降り立つと、すぐ近くにミーナたちがいた。

どうやら移動しながら戦っているうちに、さっきの場所へ帰ってきていたらしい。

……あれ、メアはどこだ？　グランデウスもいないようだが……

軽く周囲を見渡すと、木に寄りかかっているメアがいた。静かに寝息を立てているから、ただ寝てるだけだとは思うが……何があったんだ？

「……クフフフ……本当に生き返ったのね。残念だわ……失敗してあなたが怒り狂うのを期待してたのに……」

疑問に思っていると、白い少女が半分ほど地面にめり込んだまま、そう呟いた。

彼女の目線の先にはカイトがいる……カイト、だよな？

蘇生に成功したと思われるカイトの髪は、赤一色だったのが、ところどころに黒が混じっていた。

ヘレナの……竜の血肉を取り込んだのが原因か？　まぁ、だけどとりあえず、元気そうでよかった。

とにかく、急な事態に驚いているのであろうカイトのマヌケ顔を見て一安心する。

心は多少穏やかになった……だが、怒りを忘れたわけではない。

「安心しろ、どちらにしろお前は殺す」

「うふふ……まだ私を殺すつもりでいるの？」

白い少女は無駄だと言うように笑って言う。

「うちの可愛い弟子を殺そうとしてくれたんだ、死ぬまで殺してやるさ」

俺はそう言って白い少女に近付き、倒れている彼女の胸に貫手を刺す。

「いっ……やん、いきなり女性の胸に手を突っ込むなんて、酷いんじゃない？」

痛みに耐えようとしながら冗談を飛ばす白い少女。俺も少し落ち着いたことだし、同じように返してやろう。

「ああ悪い、胸だと分からなかった」

「クフフ、最低ね……」

「「「「……」」」」

お互いを殺し合いながら冗談を言い合う光景に、ユウキたちが引いていた。

「美少女相手にえげつな……」というユウキの言葉を余所に、俺は白い少女の体に突っ込んだままの腕から雷撃の魔術を発動する。

「ぐっ……アァァァァッ⁉」

魔力を注ぎ込み続け、中から焼き焦がしていく。

白い肌が黒くなっていくのを見て、カイトたちが目を逸らした。

しかしそれも、俺が魔術を止めるとまた元通りになろうと再生し始める。

ならばと再び雷撃を流す。

白い少女は俺を殴ったり蹴ったりして抵抗するが、俺は気にせず殺し続ける。

白い肌が見る影もなくなった少女は再び黒焦げになり、肉が焦げたような生々しい臭いが辺りに漂い始めてきた。

「い……あ……アァァァァッ！」

雷撃を喰らい過ぎて、まともに言葉を発せなくなる白い少女。

するとそんな中で、誰かが俺たちの方に歩いてくる気配があった。

「あの……もうそれくらいにしてもいいんじゃないでしょうか？」

「……あ？」

こいつに殺された張本人が、よく分からないことを言い出した。

「自分を殺した奴を許せって？」

「は、はい」

カイトがそう言う間も、俺は雷撃を流し続ける。

「聖人君子にでもなったつもりか？」

「そうじゃないですけど……その人って死なないんですよね？　見てると、もう何回も師匠に殺されてると思うんですけど……」

矛盾したような物言いだが、まあその通りだ。

たしかにもう何度も殺している。どれだけ殺しても再生して元通りに蘇るから。

しかしだからといって、それでチャラなんて言うわけがない。

それに生かしておけばまた俺たちを襲いに来るかもしれない以上は、下手にそのままにしておくわけにもいかないしな。

「こいつがまたお前を殺しに来たらどうする？」

「それは……どうしましょうかね……」

えへへと年相応に笑い、曖昧な返事をするカイト。

どうしましょうって……

カイトの気が抜ける返答に、俺はいつの間にか魔術の発動を止めていた。

その隙に白い少女が俺の腕を掴んで、背中側の地面に裂け目を作ってそちらへと落ちていった。

どこに出るのかと思っていると、カイトの後ろに裂け目が広がり、そこから白い少女が現れる。

「また……ん？」

またカイトを狙っているのかと思って構えるが、白い少女からは敵意も悪意も殺意も、ほんの欠片ほども感じられなかった。

むしろこれは……

俺が攻撃しようと構えていた手を下ろすと同時、白い少女がカイトの背中にピタリと抱きついた。

「ふぁいっ⁉　えっ、えっ、何⁉」

突然抱きつかれたカイトは、後ろを振り返ろうとジタバタ暴れる。

しかし白い少女はギュッと抱きついたまま放す気配がなかった。

「まっ、待って！　すぐに殺されるのは勘弁してください！　って、師匠はなんで何もしようとしないんですか⁉」

「許すんだろ？　だったら別にいいじゃねえか」

俺は白い少女に何をするでもなく、適当なことを言ってからその場を離れる。

ずっと見学をしていたミーナたちの方に歩いていくと、ペルディアが不思議そうに尋ねてきた。

「いいのか、あいつは？」

カイトと、その背中に張り付いている白い少女を顎で指し示すペルディア。

それに俺は首を横に振って答える。

「さぁな……ただ、今はもう害意がないらしい。代わりにカイトにぞっこんのようだ」

「……何？」

ペルディアと共にカイトの方を見ると、カイトは白い少女に頬擦りされていた。

「ああ……どうしよう、どうしよう！　こんな気持ち初めてよ！　顔も胸もお腹も熱くなって、あなたが愛おしくなっちゃった！」

「へ……えっ――」

「「「えええええっ⁉」」」

白い少女の言葉に、何となく察していた俺と気絶しているメア以外の全員から、驚きの声が上がった。

さらに白い少女はカイトの背中に張り付いたまま、体を反らして振り返ってきた。

「ねぇ……私、あなたたちの仲間になっていいかしら？」

そんなことを言ってくる彼女の顔には、俺との戦闘時に浮かべていた気持ち悪い笑みではなく、純粋な……そう、まるで恋する乙女のような満面の笑みが浮かんでいた。

先程まで殺し合っていた俺に向かい、キラキラした眼差しを向けてくる白い少女。

助けを求めるような、不安そうな目で俺を見るカイト。

『どうするんだ？』と言わんばかりに俺を見る仲間たち。

しばらく沈黙が続いた後、俺が出した答えは――

「カイトに任せる」

「……はい？」

何を言われたのか理解できなかったのか、カイトは間抜けな声を漏らし、白い少女以外の全員が唖然とする。

「はいぃぃぃっ!?」

そしてようやく理解が追いついたのか、今度は大きな声で叫んだ。

「なんっ、なんで俺が!?」

変わったのはいくらかの髪だけで、落ち着きなく動揺するいつも通りのカイトの姿にホッとして笑う。

「おい、お前……あー『白』、か？」

グランデウスがこいつの名を『白様』と呼んでいたから、とりあえず俺も同じように呼べばいいだろう。

「なぁに？」

こちらを見る白はカイトに抱きついたまま……というか、もうぬいぐるみの如く逆に抱きかかえていた。

カイトは恥ずかしさのあまり顔を覆い隠している。

「お前が俺たちの仲間になりたい理由はカイトだろ？」

「そう！　あなたたち風に言うのなら、『恋』してしまったと思うの！」

白の言葉を聞いて引きつった笑いをするカイトを無視し、俺は「そうか」と言って話を続ける。

「つまり逆に言えば、こいつがウチに来る原因はカイトにあるわけだ。さっきの俺たちの戦いを止めたこともあるし、それも含めてお前は責任を取らなきゃならんってことになる」

「責任って……」

何を言っているのかと言いたげなカイトの肩に、俺はそっと手を置く。

「そのヤバい奴を許した上に惚れさせたんだ、自分の言葉に責任を持てよ」

そう言うとカイトは、白に抱かれたままガクリと肩を落とす。

まぁ、白も敵意や殺意はもうないみたいだし、一緒にいればカイトにとっても刺激になるだろう。

『敵を殺さない』ってのがどんなプレッシャーになるか、いい勉強になるんじゃなかろうかと思う。

そんなことを考えていると、俺たちから少し離れた場所に、空から巨大な何かが落下してきた。

それはヘレナが迎撃に出た白竜だった。

体の至る所が焦げて、翼もボロボロになっている。どうやらヘレナがやったようだ。

さらに続いて、全裸のヘレナともう一匹黒い竜が降りてきた。一匹増えとる……

『少しは落ち着いたか、頑固ババア』

いつの間にか増えた黒い一匹が、白竜を踏み付けながらそんな言葉を呟く。

『クソッ！　早くこの汚い足をどかせ！』

『少しは話を聞けと言っておるだろうが！　まったく、ここまでボロボロにされても威勢がいいとはな』

『告。この方なら白い少女のように、全身バラバラにされても生きていそうですね』

『違いない！』

おっさん声でガッハッハ！　と笑う黒い竜。

さらに今度は空間に裂け目が広がり、そこからノワール、ココア、アルズ、ルマ、キース、オド、シリラ、オルドラが出てきた。

「アヤト様！」

ココアが真っ先に俺の名を叫んで抱きついてくる。

「ご無事なのは分かっていましたが、それでも心配しましたっ！」

さっき白がカイトにしていたように、ココアも俺に頬擦りしてくる。まるで母親だな……

「それでアヤト様……現在の状況をお教えいただいてもよろしいでしょうか？」

そんなココアとは対象的に不機嫌そうなノワールが、珍しく苛立ちを隠さずにそう聞いてきた。

白目まで黒く染まっているのは、完全にブチ切れている証だ……もしかして俺、怒られてる？

しかしよく見ると、ノワールの目は白に向けられている。

なんだ、何か因縁でもあるのか？

「えーっと……その前にノワールたちがどうしてたか聞いていいか？　誰も念話に反応しないし、ノワールの空間魔術だったらもう少し早く駆け付けられたと思うしな」

俺の言葉にノワールはハッとし、咳払いをしていつもの様子に戻る。

「……失礼、取り乱しました。私たちは今までそこのクソバ……白い少女の外見をした私より年上の悪魔より悪魔的な引きこもり悪魔によって幽閉、隔離されていたのです。そこでは魔術はおろか、スキルや念話すらも使えない状況でして……先程ようやくその力が弱まり、出てきた次第です」

何か言いかけて言い直したが、絶対クソババアって言おうとしたよな、ノワール……というか、年上だとか引きこもりだとか……なんか知ってる風な言い方だな。

「もしかして知り合いか？」

俺の問いかけに、目を逸らしてあからさまな反応を示すノワール。

いつもクールな状態や、激怒したところしか見たことがないから新鮮である。

「その、それは――」

「ああ、あなたにはこう言った方がいいのかしらね？　『息子がいつもお世話になっています』！」

何か言おうとしたノワールの言葉を遮り、白が唐突な告白をして周囲が静まり返った。

息子？　何が……もしかしてノワールが？

ノワールの方を見ると、怒りたいけど本当のことだから否定しにくいといったような、なんとも複雑そうな表情をしていた。

するとその疑問をノワールにぶつける前に、ドスドスと地鳴りで地面が揺れる。

その元凶はしかめっ面をした白竜だった。

『黒い、悪魔……！　やはり貴様か！　また貴様が我らを――』

文句を言いながら口に炎を溜める白竜。

白い少女の次はまた竜を相手にしなきゃいけないのか……と忙しなさを覚えていると、ノワールと白が白竜の前に出ていた。

「そんな危ないもの、カイト君に向けちゃあダメじゃない」

「アヤト様に牙を剥くか、トカゲ風情が」

そう言って二人が手をかざすと、地面から何本もの巨大な腕が出現して、白竜の口を塞ぎ体を地面に押さえ付けた。

二人共、白目が黒くなっていることもあって、顔付きがかなり似ている気がする。やっぱり親子なんだろうか。

『こ……のぉっ……！』

身動きが取れなくなった白竜の横で、黒い竜が縮んで人の姿へと変わる。

それは、無精髭を生やした体格のいいおっさんの姿。ついでに言えば、ちゃんと作務衣を着ていた。

……こいつは人化する時ちゃんと服を着た状態なのに、なんでヘレナは全裸なんだ？

黒い竜だったおっさんのことも聞きたいが、先にそっちをツッコミたくなった。

「おいヘレナ、なんでお前だけ全裸なの？」

「解。破けて無くなりました」

そう言うヘレナは恥ずかしがるどころか、羞恥心(しゅうちしん)を捨てたように堂々としている。

そのせいで、ノワール以外の男性陣は全員顔を赤くして戸惑っていた。

「さてはお前さん、人間の服を着ていたな？」

作務衣のおっさんがヘレナを見てそう言う。

「肯。アヤトからいただいた大切な服でした……」

あからさまに残念そうに肩を落とすヘレナ。

「いや、破れたにせよ、竜は人化する時に魔力で服を作れるじゃろうが……」

おっと、それは初耳だぞ？

俺はジト目で睨むが、ヘレナは気にした様子もなく首を横に振る。

「解。アヤトの匂いがない服に価値はありません」

「そ……そうか……」

割と本気モードの狂気じみたヘレナの発言に、一歩引いてしまう作務衣のおっさん。

「いや、もうちょいなんか言ってやれよ。つうか、なんとかしろよ、そいつ……お前らの仲間だろ？」

「もう手遅れじゃろ……っと、おぬしがアヤトじゃな？」

　顔も知らないおっさんが、俺の名を呼ぶ。

　ヘレナの知り合いっぽいし、こいつから俺の話でも聞いたのか？

「黒の……いや、ノワールがよく自慢げに話しておったわ！」

　ノワールかよ！　と意外な事実に心の中でツッコむ。

「わしは黒竜の中で王の名を継いだ者、『黒竜王』じゃ。本当はおぬしの召喚魔法で呼ばれるのは、本当はわしのはずだったのじゃが、ノワールにその座を奪われてのう。まあともかく、そこで無様（ぶざま）に転がっている白竜王が急に飛び出したから後を追ってここまで来たというわけなんだが……って、何しとるんじゃ？」

　俺は適当に「そうか」と相槌（あいづち）を打ちながら、空間に裂け目を作る。

「おぉ、ノワールと同じ空間魔術とやらか！」

「お帰りになりますか？」

　俺が裂け目を作ると作務衣のおっさんが感心の声を上げ、それに気付いたノワールがいつもの調子で話しかけてくる。

「まぁ、その前に、だ」

　めんどくさいが、始末だけはつけとかないとな。

第20話　後始末

俺は上半身だけを裂け目の中へ突っ込んで目的のものを探す。

ああ、いたいた。

俺は突っ込んだ上半身を、掴んだものと一緒に引き抜いた。

『アハハハ！　捕まっちゃった！』

「そやつは……！」

作務衣のおっさんが目を見開いて驚く。

その視線の先、俺が抱いて持っているのは、ミーナが召喚した小さな白い竜――ベルだ。

そのベルを見た白竜は、さっきまで暴れていたのが嘘のように目を見開いて静かになっていた。

『坊や……？』

『あれ、お母さん？』

白竜を見たベルが首を傾げる。

『ねぇねぇ、なんでお母さんがここにいるの？　なんでぐるぐるになって寝てるの？』

笑いながら白竜の近くに駆け寄るベル。

『あぁ、坊や……無事だったんだね……！』

ベルの無事を確認した白竜は、ポロポロと大粒の涙を流し始めた。

体格差があるだけに、人を簡単に呑み込んでしまいそうな水量だ。

『お母さん泣いてるの？　悲しいの？』

『いや……いや、嬉しいんだよ、坊や……』

『嬉しいのに泣いてるの？　変なの！』

ケラケラと笑うベルだが、それにつられたのか白竜も泣きながら笑みを浮かべる。

そんな光景を見た作務衣のおっさんが、呆れたように笑みを浮かべながら溜息を吐いた。

「あやつは少し面倒な性格をしてるだけで、根が悪い奴というわけではないんだがなぁ……」

「根が悪くないのに殺しにかかってくるとか、たまったもんじゃねぇよ」

俺が皮肉を込めてそう言うと、作務衣のおっさんは「すまんすまん」と笑って言う。

白竜は全身を縛られているにもかかわらず、息子との再会を喜んでいた。あの様子なら、もう文句を言われることはないだろう。

するとユウキが俺の横に来る。

「これで終わったってことでいいんだよな？」

「まあな……っていうか、グランデウスはどうしたんだ？　それにメアが寝てる理由は？」

ユウキに、そしてその現場を目撃したであろうミーナたちに問いかける。

「あー、とにかく凄かった！　というかなんていうか……俺じゃあ上手く言葉にできないから、他の人たちに説明してもらっていいか？」

ユウキは苦笑いしながら一歩下がる。

すると代わりにミーナが俺に近寄ってくる。

「私も正確にはよく分からない。分かってるのは、メアが刀を抜いたら豹変してグランデウスを倒しちゃったことくらい？」

ミーナの言葉に、俺は眉をひそめる。

「倒した……？　不死をか？」

「多分……メアが倒したら出てこなくなった」

「ま、不死といえど限度があるのでしょう！　我々の勝ち！　そういうことにして帰りましょうか！」

なぜかランカが胸を張って、自分がやったように言う。しかもまだ俺んちに来てもいないのに図々しい物言いである……いや、そもそもこいつも来るつもりか？

それにしても嫌な予感がする……本当にそれで終わったのか？

一部始終を見てないだけに、不安になってしまう。

そしてその予感は命中したらしく、メアの近くにドロドロとしたものが盛り上がってきた。

「あ……れ……おう……ふし……しな……いぃぃ……」

最初はドロが盛り上がっているようにしか見えなかったソレは、言葉を喋りながらさらに異様な膨らみ方をしていく。

「グランデウス！　あれでまだ生きていたのか!?」

ガーランドが驚きの言葉を口にする。

グランデウス？　アレが？

どう見ても動く土塊（つちくれ）にしか見えないのだが……。

「わわ……われはぁ……ぐ、デウ……まぞ……をと、ちす……ものぉ……しろ、まに、らばれた……まおうぐらんでうす……」

もはやまともな言語は喋れていないが、最後だけはハッキリと聞き取れた。

魔王グランデウス、と。

そのグランデウスだったであろうものが、メアに何かしようとする。

しかしグランデウスの影からいくつもの黒い紐のようなものが出現し、拘束してその動きを止めた。

「おや、あなたも闇の魔法が使えるのですね」

「無論！　はるか昔とはいえ、王の名を継いでいたのは伊達（だて）ではありませんよ！」

どうやら、グランデウスを動けなくしていたのはノワールとランカの二人だったようだ。ただの腹ぺこ娘じゃなかったんだな、あいつ……そういや初めて会った時に、魔王がどうとか言ってた気がするな……

だがそれよりもグランデウスだ。

なぜそんな姿になってしまったのかは分からない。しかし俺たちの脅威となるのならやることは一つだ。

「何、寝てる女に手ぇ出そうとしてんだよ」

俺はそのグランデウスだったらしき土塊の横に移動し、拳を握り締める。

しかしただ殴っても効果は薄いだろう。

ならどの属性をぶつける？　そんな考えが頭に浮かび、殴るのを躊躇してしまう。

火、水、風、雷、土、光、闇……どれがいいんだ？

そこでふとある考えが浮んだ。六つの属性を合わせて使う空間魔術……それをもし、攻撃として使うのであれば？

俺は握り締めた拳に魔力を込め、属性として空間魔術を纏う。

拳の周りの空間が歪んでいるので一応成功はしているようだが、腕がピキピキと音を立てていて、弾けてしまいそうな圧迫感に襲われた。

しかし気にせず、その拳をグランデウスへ放つ。

――パキンッ。

まるでプラスチックでも割れたかのような軽い音と共に、グランデウスがいる前方の光景にヒビが入る。

「アガァァァァ……」

グランデウスは機械のバグみたいな悲鳴を上げたと思うと、体を徐々に瓦解させていった。

「クフフ、ずいぶん怖い技を持ってるのね、アヤト君は……」

白が意味深な笑みを浮かべて、俺の名を気安く呼ぶ。

「どういう技なのか、お前には分かってるのか？」

「知らないでやったの？　それ……空間魔術を拳に付与したんでしょ？」

白はクフフと笑うと、自らの右手をこちらにかざしてくる。

「空間魔術っていうのは本来、火や風、雷みたいに身に纏うことができないの。理由は簡単――」

次の瞬間、白の腕の先から肩までが、突然内部から弾けたように見えた。

あまりにも唐突過ぎることで、白に抱きかかえられていたカイトが唖然として固まる。

「こんな感じで術士の体が耐えられないの。それもそうよね、六属性をまとめて自分の体に宿そうって言うんだから……しかもその効果の内容は酷いものよ？　攻撃した相手の魂への直接ダメージだもの」

　体の一部を失うことに慣れている白は、平然としながら右腕があったはずの場所を見て言う。

　その腕は、すぐに元通りに再生した。

「魂への？　精神じゃなく？」

「魂があるからこそ、生物として完成するの。魂のない体なんて死体とそう変わらないし、魂と繋がってない精神も何もできないからやっぱり死んでいるのと同じ。そんな凶悪な技の反動に耐えられるアヤト君の体の強靭さ……やっぱりあなたって見てるだけで面白いわ」

　クフフと笑う白。

　魂への直接攻撃ね……上手くすれば相手の肉体を傷付けずに精神だけを破壊することも可能なのか？　もう少し詳しい情報が欲しいところだが……

　その技を使った右腕を見る。

　未だに痛みが走り、強ばって震えていた……なんか筋肉痛みたいだ。

　この世界に来て初めての連発はできない必殺技って感じだな。

　といっても、回復魔術で治せるんだけどな。

「じゃあ、これで白を殴れば、何かあった時でも本当に殺せるってわけか」

「……そんなこと、言われなくても分かってるわ。この子がいる限り、あなたたちを裏切らないから大丈夫よ♪」

白は俺の言葉に頬を膨らませながら、さらにカイトをギュッと抱き締める。ゾッコンって感じだな。

「死ぬ……死にますから……！」

俺はまた死にそうになっているカイトを見つつ、大きく溜息を吐いた。

今日だけで色々あったことを思い出して、ドッと疲れが押し寄せてきたのだ。

ふと白竜の方を見ると、今のグランデウスの騒ぎなどなかったかのように、なんとも和やかな親子空間が広がっていた。

『あのねあのね、それでねそれでね！　骨をポーンって投げたりね、お風呂でジャブジャブ～って洗って気持ちよかったりしたの！　ご飯もいっぱい美味しかった！』

『そうかいそうかい……』

ノワールたちによる拘束はいつの間にか解け、おすわりする犬のように座った白竜と、その目の前でこれまた犬のように興奮して駆け回るベルの姿があった。

家族団欒しているところ悪いが、話に割り込ませてもらう。

『俺がこいつに酷いことをしてないってことは理解してくれたか？』

俺がそう言うと、あからさまに不機嫌そうに目を細める白竜。

かと思えば、目を閉じて段々と縮んでいき、最終的には、白髪に着物を着た初老の人間の女性姿になった。

しかし、人の姿になっても不機嫌そうに、眉間に皺を寄せている。

「それとこれとは話が別だ。お前らが坊やを私のところから連れ去ったのは変わらんし、これから何もしないという保証がない」

今にも噛み付いてきそうな表情をする着物女。

また戦わなきゃならんのか……？

そう思っていると、着物女は大きく溜息を吐いて全身の力を抜く。

「……だから、我もお前たちに付いていこう」

「えぇ……」

正直、白が仲間になりたいと言い出した時よりも複雑な気持ちになってしまった。

いや別に悪い話じゃないんだよ？　白みたいに誰かをこいつに殺されたってわけじゃないし、こいつも被害者とも言えるんだしな。

だけどなんでだろ……頭とは別に、生理的な部分で拒否感があった。

「言っとくが、嫌だと言われても付いていくぞ？　坊やはお前たちの元から離れたくないと言うし、だからといって坊やだけを連れていかせるわけにはいかない。ならば我も貴様に世話されてやる。これで互いのやったことを、チャラにしよう」

着物女はフフンと得意げに笑う。

だけどそれって、嫌ってる人間に飼われてるも同然なんじゃ……いや、ここは何も言わないでおこう。

たとえ殺されかけた件と釣り合わないとしても、ここは何も言わない方が穏便に済むだろうし……

「あ、じゃあ、わしもついでに世話になってもいいか？」

作務衣のおっさんが自分を指差して言い出す。

お前もか……

「分かったよ！　一人も二人もどうせ変わらないしな……それじゃあ、ここからは全員停戦協定だ」

着物女と作務衣のおっさんを見てから、ノワール、そしてカイトを抱き上げてる白にそれぞれ視線を移す。

「奪った奪われたも、殺した殺されたもここでリセット！『あの時ああしたくせに』と掘り返すのも無し！　そして今後は仲間としてお互いを守り合うこと！　これがお前らを仲間にする条件だ……これくらいは守ってくれるだろ？」

「何……？　まさか我に貴様らを守護しろと――」

着物女の言葉を遮るように、彼女に向けてビシッと指を差す。

「ベルだったら……お前の息子だったら迷わず頷く内容だ。なのに親のお前が我儘を言うのか？」

「ぐっ……ちっ、分かったよ……」

納得はしてないだろうが、とりあえずは、といった感じで了承する着物女。ベルを使うとこいつ、案外チョロいかも……？

「わしは元より争う気はないから大丈夫だ」

「私はカイト君と一緒にいられるならいいわ♪」

対して作務衣のおっさんと白は簡単に頷く。

「な……なんだか凄いメンバーになっちゃったね……」

「こうやって彼の周りには不思議な仲間が増えていくのだな……」

完全に置いてけぼりを喰らっていたラピィとガーランドが呟く。一方でアークは、気持ちよさそうに伸び伸びと大の字で地面に寝ていた。

ようやく一段落着いたところで、木に寄りかかって寝息を立てているメアをお姫様抱っこで抱き上げる。

「そんじゃ、まだまだ聞きたいこととか確かめたいことはたくさんあるけど……とりあえず俺たちの家に帰ろうぜ！」

空間に裂け目を作りながら、俺は全員の顔を見て言うのだった。

あとがき

皆様、この度は文庫版『最強の異世界やりすぎ旅行記４』をお手に取っていただき、誠にありがとうございます。作者の萩場ぬしです。

時が経つのは早いもので、あっという間に四巻となりました。物語は、前巻に引き続いて、魔族大陸でアヤトたちのメンバーがバラバラになった場面から始まります。

これまでは「向かうところ敵なしのアヤトがいるから何とかなるだろう」と内心では高を括り、戦闘においてもどこか他人任せだったメアたちが、今後どのように自発的な行動を取っていくのか？

逆に、守護すべきメアたちが行方知れずになってしまい、その状況をアヤトはどう打開するのか？

……などなど、いよいよ本作も佳境に入り、魔王との戦いや謎めいた白い少女の存在など、この先でも彼らを待ち受ける山場が幾つも控えているので、是非、ご期待ください。

と、あとがきから読み始める読者のための前宣伝のようなことを書いてしまいましたが、少々、裏話的なものを紹介しますと、執筆中は書きたいエピソードが多くなり過ぎてしまい、泣く泣くいくつか削らざるをえない話もありました。

そのため、この巻ではストーリーの時間軸(じく)や舞台となる場所の地理、さらにはシーンの入れ替えなどを編集の担当さんにご相談させていただき、あれやこれやと原稿を調整する改稿作業には、随分と骨を折った記憶があります。

もうちょっと自分に語彙力(ごいりょく)と文章構成力があり、地理的能力に優れ、バランスの良い小説が書けたらなあ……、と今更ながら反省することしきりです。

ただ、今まで味わった苦労とはまた別次元の大変さを経験しただけあって、クライマックスに近づくにつれて、今後の展開や結末をイメージしつつ心躍らせながら作品を描くこともできました。

これを糧(かて)にして、これからも多くの読者の皆様のアドバイスやご意見を拝聴(はいちょう)しながら、まだまだ精進(しょうじん)していきたいと思いますので、末永く応援していただけますと嬉しいです。

それでは皆様、また次巻でお会いできることを心より願っています。

二〇二〇年三月　荻場ぬし

ネットで人気爆発作品が続々文庫化！

アルファライト文庫 大好評発売中!!

最強主夫〈!?〉の兄が、
ほのぼのゲーム世界で
まったりライフ!!

のんびりVRMMO記 1〜4

1〜4巻 好評発売中！

まぐろ猫@恢猫 *Maguroneko@kaine* illustration まろ

ほのぼのゲーム世界で
最強主夫の料理スキル炸裂!?

双子の妹達から保護者役をお願いされ、VRMMOゲームに参加することになった青年ツグミ。妹達の幼馴染も加えた3人娘を見守りつつ、彼はファンタジーのゲーム世界で、料理、調合、服飾など、一見地味ながらも難易度の高い生産スキルを成長させていく。そう、ツグミは現実世界でも家事全般を極めた、最強の主夫だったのだ！　超リアルなほのぼのゲームファンタジー、待望の文庫化！

文庫判　各定価：本体610円+税

アルファライト文庫

この作品に対する皆様のご意見・ご感想をお待ちしております。

おハガキ・お手紙は以下の宛先にお送りください。

【宛先】

〒150-6008 東京都渋谷区恵比寿 4-20-3 恵比寿ｶﾞｰﾃﾞﾝﾌﾟﾚｲｽﾀﾜｰ 8F
（株）アルファポリス　書籍感想係

メールフォームでのご意見・ご感想は右のＱＲコードから、
あるいは以下のワードで検索をかけてください。

アルファポリス　書籍の感想 

本書は、2019 年 4 月当社より単行本として
刊行されたものを文庫化したものです。

最強の異世界やりすぎ旅行記 4

萩場ぬし（はぎばぬし）

2020年 6月 30日初版発行

文庫編集－中野大樹／篠木歩
編集長－太田鉄平
発行者－梶本雄介
発行所－株式会社アルファポリス
〒150-6008東京都渋谷区恵比寿4-20-3恵比寿ガーデンプレイスタワー8F
TEL 03-6277-1601（営業） 03-6277-1602（編集）
URL https://www.alphapolis.co.jp/
発売元－株式会社星雲社（共同出版社・流通責任出版社）
〒112-0005東京都文京区水道1-3-30
TEL 03-3868-3275
装丁・本文イラスト－yu-ri
文庫デザイン—AFTERGLOW
（レーベルフォーマットデザイン－ansyyqdesign）
印刷－株式会社暁印刷

価格はカバーに表示されてあります。

落丁乱丁の場合はアルファポリスまでご連絡ください。

送料は小社負担でお取り替えします。


ISBN978-4-434-27416-9 C0193